- 南京大学文学院新生研讨课系列教材 -

《雷雨》和《牡丹亭》：
剧本与演出

陆炜 著

南京大学出版社

图书在版编目(CIP)数据

《雷雨》和《牡丹亭》:剧本与演出 / 陆炜著. ——
南京 :南京大学出版社,2013.6
南京大学文学院新生研讨课系列教材
ISBN 978 - 7 - 305 - 11613 - 1

Ⅰ. ①雷… Ⅱ. ①陆… Ⅲ. ①话剧剧本—文学研究—
中国—高等学校—教材 ②昆剧—地方戏剧本—文学研究—
高等学校—教材 Ⅳ. ①I207.34 ②I236.53

中国版本图书馆 CIP 数据核字(2013)第 127639 号

出版发行 南京大学出版社
社 址 南京市汉口路 22 号   邮 编 210093
网 址 http://www. NjupCo. com
出 版 人 左 健
丛 书 名 南京大学文学院新生研讨课系列教材
书 名 《雷雨》和《牡丹亭》:剧本与演出
著 者 陆 炜
责任编辑 李 亭   编辑热线 025 - 83594071
责任校对 廖昀喆

照 排 江苏南大印刷厂
印 刷 常州市武进第三印刷有限公司
开 本 787×960 1/16 印张 7.25 字数 106 千
版 次 2013 年 6 月第 1 版 2013 年 6 月第 1 次印刷
ISBN 978 - 7 - 305 - 11613 - 1
定 价 18.00 元

发行热线 025 - 83594756 83686452
电子邮箱 Press@ NjupCo. com
       Sales@ NjupCo. com(市场部)

总　序

　　南京大学文学院始终把培养具有独立批判精神和开拓创新能力的研究型中文人才作为我们本科生培养工作的根本目标。为此,南京大学文学院自始至终都坚持对本科生创新思维能力的培养。作为人文学科的本科毕业生,如果仅仅只是熟练掌握了一套书本上的知识点而没有根本培养起独立的批判眼光和深厚的人文精神,那将是我们大学教师的严重失职,是我们大学人文学科本科教育的根本失败。南京大学文学院作为具有深厚学术传统的院系,理应担当起培养具有独立品格和思想的中文人才之重任。欲至此目标,对学生思考力的培养则成为教学之关键。由此,南京大学文学院曾于2007年推出了一套"大学研究型课程专业系列教材·中国语言文学类"的8部"研究导引",作为我们本科教学中重要的教材,旨在培养文学院本科生对学术研究的兴趣,培养其学术研究的眼光。与之相配套,文学院针对高年级本科生陆续开设了"高年级研讨课",以提高学生的创造性思维能力。

　　然而,在教学实践中,我们发现,由于受到中学语文教育之弊端的影响,一年级新生往往对大学中文专业存在着严重的误解和偏见,无法很好地适应研究型大学中文专业的培养模式,对中文专业的学术研究活动相当的陌生。这就会影响到高年级研讨课的质量和效果,进而影响到学年论文和毕业论文的质量。因此,要真正在本科阶段培养起学生独立思考的能力,必须让一年级新生一入学就能够有机会领略学术研究的方法,感受到学术研究的乐趣,尽快地摆脱中学语文应试教育模式的束缚,培养起独立思考的能力。为此,文学院开设了一系列的"新生研讨课",内容涵盖中国古代文学、中国现当代文学、外国文学、汉语言文字学、文艺学和戏剧影视等文学院主干专业方向,让一年级新生在踏入大学校门之际就能够有机会体验到大学阶段学术探讨的快乐和艰辛,近距离地感受知名学者的学术风范,彻底地摆脱中学语文应试教育重知识点的传授和技能的训练而忽视思想的启发之弊端,为他们将来顺利地进入研究生阶段的学习做充分的准备。这一套"新生研讨课系列教材"即是我们近年来本科教学改革的一个成果。

文学院近年来开设的系列新生研讨课都是由文学院学养深厚的教授主讲,其中绝大多数都是博士生导师,是文学院各个专业的学术骨干。由这批学识精深的学术骨干来给一年级新生主讲研讨课,其实也是对他们的一个考验:考验他们能否在课堂上将自己学术研究的心得、见解深入浅出地讲解给一年级的同学;能否把自己学术研究的观点化为浅显易懂的语言;能否在讲授专业基础知识的过程中通俗明晰地把该学科最本质的内涵,把学术界最前沿的观点和争论化做一个个能为一年级同学所理解的具体的问题,供他们讨论。这实在不是一件轻松简单的事情。这项工作从某种意义上讲甚至比写专业学术文章更困难。然而可喜的是,文学院一批有着相当学术成就的学者献出了许多宝贵的时间和精力,把新生研讨课变成了他们展示自己学术观点、讨论学术前沿问题的特殊平台。这套"新生研讨课系列教材"便是他们这些努力的结晶。

教学相长,文学院始终把课堂教学视为推动教师学术研究不断深入的重要动力。我坚信,这套教材的出版,不仅将提升南京大学文学院本科教学,特别是本科低年级教学的水平,而且终将使文学院的学术研究从中受益。感谢南京大学出版社为文学院这套教材的顺利出版所做的一切。我相信,这套教材作为南京大学文学院本科教学改革的呈现,对中国研究型大学中文专业的本科生培养是有积极的借鉴意义的。

2013 年 3 月

目　录

写在前面的话

把新生研讨课的讲稿写出来出版，当然是很有意义的事。在讲稿前面，有几句话似乎应该说一说。

一、讲稿和上课的情况还是有差异的。差异之一：新生研讨课不是宣讲式的上课，而是有导读性的讲课、学生课下阅读剧本、小组讨论、看演出录像、课堂讨论、答疑式的讲课等几个环节。讲稿的内容本来是分散存在的，现在为了可读性，当然连贯和整合起来了。差异之二：我以为出书要有学术的阅读价值，所以把剧作家生平介绍、一般的编剧知识等内容汰除了。现在写出的讲稿成了三篇专题论文。

二、新生研讨课的宗旨是给一年级的学生换脑筋，开拓思路，培养自己研究、多方向思考的概念和习惯。因此，我给学生出一些思考题以帮助他们开展小组讨论。例如《雷雨》的思考题：

（一）关于《雷雨》的主题

1.《雷雨》的主题是反封建吗？如果认为是，面对着这样的质疑：《雷雨》中反封建的人物（蘩漪、周萍）干的事情都是乱伦（不是争取婚姻自主、人身自由、思想自由等等），难道用乱伦来反封建是对头的吗？乱伦（或者偷情）是不是有反封建的意义呢？

2.《雷雨》的主题是伦理性的（就是说表现乱伦必遭雷劈）吗？如果认为是，面对着这样的质疑：现在不是人伦意识和规则不全的原始社会，在现代社会写个戏，说明不能乱伦的道理，有必要吗？

3.《雷雨》的主题是人道主义的，就如曹禺所说，是对于在人生盲目挣扎中毁灭的人(四凤、周冲是最无辜的)的哀叹、悲悯之情。如果是,面对着这样的质疑:在不知道是兄妹的情况下发生乱伦,是毁灭的原因,但四凤跑到周家与周萍发生乱伦,这种巧合几乎不可能,而这种巧合是作者安排的,作者有什么资格发出感叹呢?

4.《雷雨》不过就是写大户人家公馆里偷情的"鸳鸯蝴蝶派"作品(这是北大某个名教授的观点)吗?

(二) 关于《雷雨》中的人物

1. 周朴园是个怎样的人? 有人说他最可恨(杀工人),有人说他最虚伪(不要梅侍萍,却又纪念,还吃斋),有人说他最可怜(生了三个儿子全都没了)。除了认识他的复杂性外,你认为总体上说,他是一个正常人,还是一个坏人呢?

2. 蘩漪是个怎样的人? 她为什么不考虑离婚? 这个"最雷雨"的女人你喜欢吗?

3. 周冲是个什么样的人? 严格地说,没有这个人物出场,这个戏也能连得下来。那么,他在剧中出现的作用是什么?

4. 鲁大海在这个戏中有什么作用? 国家话剧院演出把这个人物删掉了,凭什么呀?

5. 周萍是个什么样的人? 他28岁了,干嘛不结婚啊?

6. 四凤对周萍是什么样的感情? 她知道周萍同蘩漪的事情,为什么也不气,也不闹,装不知道呢? 是有心计,还是傻呢?

7. 读过书的梅侍萍怎么会嫁给鲁贵这样下流龌龊的人?

……

由于同学们对戏剧技巧还所知不多,我提的问题没有包括技巧方面。

提出这些思考题,目的在于启发思考,而不是限制思考。这些问题是我随意提出的,切不要把它们神圣化(就是说,不要按照过去学习的习惯,认为思考题总是高度严谨的,是通向标准答案的)。大家尽可以从更多的角度思考,提出更多的问题,也可以认为我提的某些问题没有什么道理,采

取否定的态度。总之,思维越开放越好,越活跃越好。越讨论问题越多是
正常的,越讨论越迷糊也没有关系。

我的讲稿也秉承这种精神,思维自由,口无遮拦。在学术上自述新见,不迷信什么权
威、成说。在讲法上娓娓道来,给学生和他们一起思考的感觉,防止自己又是以专家
权威的口吻说话。

三、讲稿保留了讲课口头语言的特点,没有完全书面化。

陆 炜

2013 年 1 月

◎《雷雨》的重新解读

　　曹禺的四幕悲剧《雷雨》是一部名气极大的话剧作品。1933 年夏天,作为清华大学学生的曹禺在清华图书馆写成了这部作品,1934 年一发表,就轰动全国。不仅很快被广泛上演,而且评论界一片赞誉。长期以来,这是戏剧中批判封建家庭罪恶的最深刻的作品,这是标志着中国话剧文学成熟的作品的看法已经成为定论。中国的现代文学史的写法,重要的作家在鲁迅、郭沫若、茅盾之后,就是"巴老曹"(巴金、老舍、曹禺),曹禺在现代文学史上的这种地位,还有被认为是现代戏剧史上写得最好的剧作家的地位,都是和《雷雨》的成就分不开的。《雷雨》的舞台魅力更是毋庸置疑的,它的戏剧性极为强烈,是那样的扣人心弦,叫观众紧张得透不过气来。中国现代戏剧有许多好作品,曹禺自己也还有《日出》、《原野》、《北京人》等出色的作品,但没有哪一部戏像《雷雨》一样,从问世开始就一直能够被不断上演,至今不衰。《雷雨》是一部一流作品,是中国现代戏剧、中国现代文学的经典作品,具有特殊重要的地位。所以,它也是大学戏剧课程、现代文学课程中必讲的作品。我们就是要对这样一部作品进行重新解读。

　　为什么要重新解读呢? 当然是因为旧的解读还是有问题的。旧解读基本上是对于《雷雨》的反封建意义的一种解读。其问题是解读不够正确,不符合剧本原意,同时也使得《雷雨》的某些内涵还没有被揭示出来。这种重新解读正是一个有价值的学术课题。尝试完成这个课题正是我们打开思路,学会自己思考的一个锻炼机会。

一、打破对于《雷雨》的迷信

　　要重新解读,必须打破对于《雷雨》的迷信。

长期以来,由于《雷雨》处于受尊崇的特殊地位,有太多的人已经对这部作品陷入一种迷信的状态。《雷雨》被神化和理想化了。人们只是想方设法去阐发出它的优点,《雷雨》的缺点被排除在论述范围之外。于是,《雷雨》似乎就是无上的典范,是一部浑然天成的、完美的剧作。学生普遍认为《雷雨》就是曹禺最好的剧作,也是中国最好的剧作,和世界一流水准的剧作相比没有逊色。曹禺 24 岁能写出《雷雨》则是一种奇迹。

我经历的一件事情可以说明这种迷信的程度。在曹禺写的《〈日出〉跋》一文中,有这样一段话:

> 写完《雷雨》,渐渐生出一种对于《雷雨》的厌倦。我很讨厌它的结构,我觉得有些"太像戏"了。技巧上,我用的过分。仿佛我只顾贪婪地使用着那简陋的"招数",不想胃里有点装不下,过后我每读一遍《雷雨》便有点要作呕的感觉。我很想平铺直叙地写点东西,想敲碎了我从前拾得那一点点浅薄的技巧,老老实实重新学一点较为深刻的。①

这段话的意思我在课上是仔细讲解过的。于是我曾连续给两届学生的"现代剧作家"课程考试出了同一道考题,就是曹禺的这段话你怎样理解。而两届学生在卷子上的答案全都是一句话:"这是曹禺的谦虚。"没有一个人例外,甚至没有一个人在这句话之外还说点别的话。我感到很可怕。因为这是理性的失败、迷信的胜利。已经到了这样的程度:哪怕曹禺自己说自己有什么不足,也没有一个人认账了! 这种像佛教徒面对释迦摩尼佛一样的状况,难道不就是迷信吗?

其实,《雷雨》固然是经典,但不是浑然天成的作品,而是人工痕迹很重的作品;不是完美的作品,而是初学痕迹明显的作品;是一流作品,但和世界一流剧作存在着明显差距。可对迷信的人,能说得通这些吗?

再讲一个例子。在纪念曹禺诞辰 100 周年的某次学术座谈会上,一位研究现代文学的著名学者说道,细读《雷雨》的人都会发现,三十年前梅侍萍被逼离开周家,是

---

① 《曹禺全集》第一卷,花山文艺出版社 1996 年版,第 387 页。

因为周朴园要娶一个正式的妻子,但那个女人并不是蘩漪。因为周蘩漪是十八年前才来到周家的。那么那个女人呢? 进了周家后怎么样了?《雷雨》中没有交代,一句话都没有提起,这个女人甚至连名字都没有。但其实这个女人才是受封建压迫最深的女人。可以推想,既然那时候周朴园正爱着梅侍萍,娶这个女人是父母的意思,所以周朴园对她一定不爱,她就在冷落中郁郁而死。如果说梅侍萍是被冷酷地抛弃的女人,她还和周朴园生了两个儿子,周朴园还留着她用过的旧家具,如果说蘩漪被周朴园压迫得将要变成阁楼上的疯女人,她还生了儿子周冲,只有这个女人,进了周家后,无声无息地消失了,竟没有在周家留下一点痕迹! 所以,她才是受封建压迫最深、命运最悲惨的女人。"我在课堂上就是这样给学生讲的。"(据笔者参加会议的记录)

我认为,上述推想的内容都是合理的,但做这种推想本身却是不合理的。因为那个女人的出现其实只是一种编剧的手段。为了有逼梅侍萍离开周家的情节,需要有这个女人,此后再不需要这个人物了,所以就不再提起了,如此而已。正因为如此,这个女人在《雷雨》中才是一个空洞的存在。如果不是这样,就不合逻辑。因为上述推想的意思显然认为《雷雨》的内容就是批判封建压迫的罪恶,既然如此,曹禺为什么对剧情中这一个命运最悲惨的、受封建压迫最深的女人反而不加描写,一句话都不提到呢? 剧中蘩漪对周萍说周朴园的劣迹,什么都说了,说他以前诱骗过一个年青姑娘,周萍就是他们的私生子,如果梅侍萍之后的那个女人是一个实在的人物,是一个被周朴园冷落压抑而死的女人,蘩漪在攻击周朴园的时候为什么绝口不提,好像自己前面的这个妻子不存在呢? 这岂不是很奇怪,很没有道理吗?

因此,对这个作为空洞的存在的女人做一番文章,其实是不必要的过度解读。这种过度解读基于一种强烈的信念:《雷雨》中的一切都是完满的,有深刻含义的,《雷雨》中的一切都像现实生活那样,具有真实性、具体性和现实存在的合理性。

但这个信念只是一种迷信。《雷雨》是曹禺第一次写成一个大型话剧,不如后来的作品成熟,虽然才华横溢,但若追究人物的历史和思想逻辑,讲求情节的严密与合理性,则到处都存在着思虑的空白和编剧的漏洞。这种例子,随便就可以举得出来。

例子之一:在第二幕,周朴园见到鲁妈,发现她的无锡口音,于是说道,"三十年前,在无锡有一件很出名的事情","梅家的一个年轻小姐……有一天夜里,忽然地投水死了……"鲁妈给他更正和补充了细节:她不是小姐,是无锡周公馆梅妈的女儿,也不规矩,投水的时间是大年三十夜里,手里还抱着一个出生三天的孩子。在这里,一切都说得非常具体确凿,因为说话的就是当事人,那个所谓的"小姐"就是现在的鲁妈,出生三天的孩子就是现在的鲁大海。问题是时间,按照投水发生在"三十年前"的说法,鲁大海今年应该三十岁,他的哥哥周萍应该三十一岁。但《雷雨》的人物表中赫然写着周萍二十八岁,鲁大海二十七岁。

例子之二:《雷雨》第三幕中,周萍跳窗进入鲁家四凤的房间幽会,想从窗子再出去却不能够了,因为窗子被跟踪的蘩漪从外面关死了。可是,哪里有窗子是能从外面关死的呢?①

例子之三:第二幕中,蘩漪对周萍说:"你父亲对不起我,他用同样的手段把我骗到你们家来……"这句话是在指责周朴园过去"引诱过一个良家的姑娘"(指梅侍萍),说周萍"就是你父亲的私生子"之后说的。蘩漪这样说,无疑是在把自己和梅侍萍构成类比关系。但我们知道,梅侍萍是周家的使女,和周朴园是少爷和使女的关系,蘩漪却是有教养的大户人家的小姐,周朴园是用什么"同样的方法"骗来蘩漪的呢?如果蘩漪不过是在胡说,那么我们就不能给她充分的同情,如果蘩漪的话不是胡说,"用同样的手段把我骗到你们家来"这句话却很难有合理的解释。

例子之四:《雷雨》中反反复复地说周朴园"两年不回家"。每一个观众都能理会到一种含义:周朴园两年不在家提供了周萍和他继母蘩漪发生私情关系的空间。但周朴园并没有出国,而且声称"我的家庭是我认为最圆满,最有秩序的家庭",那么他两年不回家的理由是什么呢?在剧中没有解释。

……

这种编剧的空白和漏洞的例子比比皆是,我们还可以一长串地列举下去,但它们虽然是不严谨之处,毕竟都无伤大局。那么,有伤害大局的问题存在么?有。《雷雨》情节中最大的不足是四凤怎么能够来到周家。周朴园家原来在无锡,后来搬到北方的天津。梅侍萍离开周家后是避开周家,也不知道周家的消息的,但她嫁了人,

---

① 这个问题,2009年推出的苏州评弹《雷雨》试图解决,方法是改成蘩漪在外面顶住了窗子,所以窗子打不开。这反映了人们普遍认为窗子是个问题。但笔者去年在江苏省昆剧院看到一种老式窗子,是向屋里开的,是可以从外面把窗子拉上扣死的。所以曹禺没有错。没有错,却不删此问题并加注,是因为有说明此问题的意义。

生了一个女儿鲁四凤,四凤却又来到天津,进入周家做使女,又和少爷发生恋情了。中国是地域广阔、人口众多的一个国家,这样的巧合令人无法相信。由于这一巧合关乎全剧情节的构成,却不具备现实的合理性,全剧就落入了宿命的格局。就是《雷雨》剧本中也称"这是命",是不公平的老天安排的。

在迷信《雷雨》的人看来,我这是故意在挑《雷雨》的毛病了。但遗憾的是,以上提到的都是事实。我希望指出一些毛病有助于打破关于《雷雨》完美性的迷信。我们要解读《雷雨》,首要的工作就是抛开过去的迷信,面对剧本的现实。不要不顾剧本是怎样的,来说什么对于《雷雨》的解读和评价。这样,我们自己的思考才能够开始。

二、《雷雨》的剧情与主题

剧情和主题我们在这里当做一个问题看待。因为剧情是用来表现主题的,主题是必须通过剧情来表现的。我们要做的就是通过对剧情的分析来解读《雷雨》的主题,因为《雷雨》的主题至今还是众说纷纭的。

主题是通过剧情来表现的——这样的道理太过明显,似乎根本就不用讲。但以往解读的问题恰恰就在这里! 人们对主题的解读往往并不是建筑在好好的剧情分析基础上的。

对于《雷雨》的分析已经有很多,几乎不胜枚举。我们就举南京大学编写的、获得过教育部高等学校教材特等奖的、被广泛采用作现代戏剧史教材的《中国现代戏剧史稿》一书的写法来做个代表吧。书中写道:

> 周朴园是《雷雨》的中心人物。剧本通过周朴园形象对封建专制统治的罪恶本质作了深入揭示。这在周朴园对妇女的态度中被揭露得淋漓尽致。他年轻时爱上了女佣梅妈的女儿侍萍。……但是为了娶一位有钱有门第的小姐,周家人逼使侍萍投河自尽。尽管此事主要是封建家长做主,但周朴园本人并没有反抗的表示,而是默认了。因此,他后来的内疚、忏悔是必然的。但活着的侍萍再次出现在面前时,他立即声色俱厉地逼问:"你

来干什么？""以后鲁家的人永远不许再到周家来。"……戏剧通过周朴园威逼蘩漪喝药这个典型的戏剧动作，让人们看到他的封建家长统治：他说一句人家就要听一句，"他的意见就是法律"。在他的家庭里，富有活力的蘩漪被"渐渐地磨成了石头样的死人"。……周朴园对鲁大海等罢工工人的镇压，则暴露出这个"现代文明"培养起来的资产阶级的狠毒的阶级本性。……

作为周朴园封建专制主义精神统治的主要对立面，蘩漪的悲剧灵魂中响彻着受到"五四"个性解放思想影响的一代妇女的抗议与追求的呼声。……作为一个追求自由的女性，蘩漪在家庭生活中陷入了周朴园封建专制主义精神折磨与压迫的悲剧；周萍背弃爱情的行径，又使这位要求摆脱封建压迫的女性在爱情追求中遭受抛弃，又一次陷入绝望的悲剧。……蘩漪精神上的主要对立面是周朴园。她与周萍的冲突反映了她与周朴园的深刻矛盾。但是，剧作者独特的构思在于，将蘩漪与周萍的戏剧冲突作为结构全剧冲突的主线。……这就对悲剧进行了更独特而深入的发掘。……①

上述论述的意思可以概括为三点：1.《雷雨》的主题是反封建。2. 这个主题主要体现在周朴园和蘩漪之间封建压迫与反抗的冲突。3. 剧作者有独特的构思，就是"将蘩漪与周萍的冲突作为结构全剧冲突的主线"。这就是说，蘩漪虽然对于周朴园有一些直接的顶撞，但与周萍的乱伦的爱情关系才是蘩漪反抗周朴园的主要行为，而周萍的背弃使她落入了更加悲惨的境地。

上述的三点意思在剧情中都能够找到充分的证据，三点意思构成这样一套解读在逻辑上也是顺畅的。但我认为长期以来已经深入人心的这一套解读不是建筑在好好的剧情分析基础上的。

要知道，一种观点在剧情中能够找到充分的根据，和一种观点符合剧情是不同的两件事情。如果说《雷雨》主要是写资本家和工人的斗争，这种观点在剧情中也能找到充分的根据。1949 年之后，曹禺就修改《雷雨》，加强劳资斗争的描写，以便把

---

① 陈白尘、董健主编《中国现代戏剧史稿》，中国戏剧出版社 2008 年版，第 258—260 页。

《雷雨》变成一个写阶级斗争的戏。"文化大革命"结束之后,《雷雨》又被搬上舞台,演出的剧团很多,一时间,对于哪一对人物是构成全剧冲突的主要人物,有繁漪和周萍、周朴园和繁漪、周朴园和鲁妈三种理解,三种看法在剧中都能找到根据。所以,一种解读要说是符合剧情的,不能仅仅是在剧情中能找到根据,逻辑上也说得通就行了,必须是把剧情完整地摆出来,分析它的人物关系是怎样设置的,剧情是怎样具体发展的。这样得出的解读,才是建筑在好好的剧情分析基础之上的。

让我们来好好地分析剧情①。

(一)《雷雨》中为什么要设置三个秘密?

我们先来分析《雷雨》设置的人物关系。一谈这个问题,我们就面对着一个过去人们都没有认真思考的问题:《雷雨》中为什么要设置三个秘密?

《雷雨》是一个写实剧,而且是一个遵守"三一律"的戏。动作是一个:周家的大少爷周萍要离开令人窒息的家,他的继母、过去的情人繁漪要挽回爱情,阻止他离家。剧情时间不超过二十四小时。剧中地点不出一个城市:一、二、四幕在周家客厅,第三幕在鲁贵家。

《雷雨》又是一部"佳构剧"。佳构剧有一个主要特点,即剧情以秘密为基础。秘密到剧终解开,剧情冲突得到解决。《雷雨》也不例外。但佳构剧通常都是只有一个秘密,曹禺在《雷雨》中设置的秘密却不是一个,而是三个。一,资本家周朴园三十年前与使女梅侍萍的关系:他们曾相爱,生了两个孩子,但因周要娶正式的夫人,梅被逼离开,投水而死。二,两年前开始的周萍和他的继母繁漪的私情。三,近半年来周萍和使女鲁四凤的私情,但其实他们是兄妹乱伦。为什么《雷雨》中要设置三个秘密呢?

这个问题过去人们没有深入思考过。于是仅仅解释为可以使得人物关系复杂化,全剧的戏剧性浓烈。由于梅侍萍投水遇救,后来嫁给鲁贵,生了鲁四凤,鲁贵现在在周家当管家,四凤在周家当使女,四凤和周家大公子周萍相爱,周萍却曾和后母繁漪相爱,这样,所有的人物便勾连起来,构成了十分复杂和敏感的人物关系。这

---

① 本文所述《雷雨》情节和引用剧本文字,皆据《曹禺全集》第一卷,花山文艺出版社 1996 年版。以下不再一一注明。

样，戏剧性的确浓烈了。《雷雨》中有八个人物，几乎任何两个人物在一起都有戏。但只要有独立思考的精神，就会提出问题：设置三重秘密，构成这样复杂的人物关系，目的到底是什么？

按照上述的反封建主题的理解，周萍与繁漪之间母子乱伦的秘密应该是三个秘密中最主要的。因为周朴园与繁漪之间封建和反封建的斗争是主要冲突，而繁漪与周萍乱伦是这种斗争的主要表现，是直接承载和表现主题的。如果这个秘密是主要的、基本的，那么其他两个秘密就应该对它有配合、支持作用。可是我们发现并非如此。当这个秘密被看成剧情基础的时候，周朴园与梅侍萍的关系就多余了。因为那是一段过去的爱情，仅仅其中梅侍萍被逼投水具有表现周朴园的罪恶的性质，但也不能完全由他负责，因为周朴园的父母在逼梅侍萍离开周家上起着主要作用。所以，写那么一段爱情往事，而且是作为重大的秘密没有必要，还不如泛泛地说繁漪前面的一个妻子就是被周朴园折磨而死的，还可以增加对于周朴园封建专制性揭露的分量，增加我们对于繁漪不幸的同情，增加我们对于繁漪走上和周萍乱伦的道路的理解。何必去写一段周朴园过去爱情的往事来搞复杂化呢？周萍与四凤的关系看起来有必要，因为繁漪和周萍的斗争是周萍要结束、忘掉与繁漪的关系，而繁漪要挽回与周萍的关系的斗争，有了四凤，繁漪就多了一个情敌要对付，这种复杂性是有意义的。但问题在于周萍与四凤关系的实质是乱伦，是比周萍、繁漪的乱伦严重得多的血亲之间的兄妹乱伦。这种乱伦关系才是秘密所在。但周萍与四凤是乱伦关系，这一点和周朴园与繁漪之间封建与反封建的斗争毫无关系。这就是说，如果剧本主题是反封建，作为反封建的表现形式的周萍与繁漪的乱伦关系是剧情基础和核心的话，那么，另外的两个秘密的设置就不是很必要的，而且明显地具有累赘、多余的性质。

现在我们换一种思路来解释为什么要设置三个秘密。我们假定周朴园与梅侍萍的关系是三个秘密中最重要、最基础的，其他两个秘密对这个秘密构成配合、支持的作用。这样，《雷雨》的主题就应该是阶级压迫了。因为周朴园要娶有钱有门第的小姐，导致梅侍萍被迫离开周家和投水，主要是抛弃下层阶级妇女的含义。这种阶级压迫主题的解释在剧情中也有着充分的根据。因为当过去的梅侍萍变成现在的鲁妈再来到周家的时候，她带走的儿子鲁大海和留在周家的儿子周萍现在已经是罢工斗争中的劳资两方的阶级关系了，周萍还动手打了鲁大海，而周朴园见到一直怀念的旧恋人，是翻脸逼问她来干什么的态度，显示出他的阶级本性，这样就构成了从三十年前到现在的阶级关系的线索。但如果这么理解，设置三个秘密的问题就更大了。因为另外那两个秘密就变成完全多余的了。那两个秘密都是乱伦，为了写周朴园与梅侍萍之间的阶级关系根本就不需要写还有别人在乱伦，有人在乱伦与周朴园过去抛弃了下层阶级妇女毫无关系，与周朴园今天见到了鲁妈采取什么态度，是表现出人性还是暴露出阶级的嘴脸毫无关系。

于是，我们再换一种思路来解释为什么要设置三个秘密。这就是假定周萍与四凤的乱伦关系才是三个秘密中最重要、最基础的。一旦这样思考，我们马上就发现了设置三个秘密的合理性。首先，周朴园与梅侍萍的往事是绝对必要的了。因为只有两人相爱才会生出周萍。梅侍萍也必须离开周家，她才可能再嫁，才能生出鲁四凤。这样才有多少年后鲁四凤偏巧来到周家，与周萍在不知道是兄妹的情况下发生乱伦的可能。这两个秘密根本就是刻意构筑的配套的关系，它们构成了当年的使女同少爷恋爱，今天又是使女同少爷恋爱，历史在三十年后重演的戏剧性情节框架。

那么，周萍与繁漪的乱伦在三重秘密中起什么作用呢？

说到这里，我们应该意识到，除了周朴园和梅侍萍的往事这个秘密以外，另两个秘密都是乱伦。这就发生了一个问题：为什么要写两个乱伦呢？除非作品是写大户人家一片乱伦黑幕的无聊作品，才会有意写两个乱伦，但《雷雨》绝不是这类作品。所以这两个乱伦必定是一个配合另一个。前面已经说到，周萍与四凤是乱伦关系对于写周萍与繁漪的关系并无帮助作用。那么反过来呢？我们发现周萍与繁漪的关系对写周萍与四凤的关系是有帮助作用的。帮助之一：正因为是与继母的乱伦关系，周萍才会后悔和厌恶这种关系，才要逃离，才为解脱而寻找另一个女人，投入四凤的怀抱。这一点，曹禺在剧本中写得非常清楚（见第一幕周萍出场时的人物介绍文字，又见第四幕周萍对鲁大海自白他为什么爱上四凤），在他的《〈雷雨〉序》中也说得非常清楚。这就是说与繁漪的乱伦关系推动和促成了兄妹乱伦的发生。帮助之二：正因为繁漪陷入了与继子乱伦的关系，她才不肯也不能止步放弃，而她的穷追不舍使得周萍与四凤的乱伦关系暴露出来。这就是说，是繁漪造成了兄妹乱伦的暴露。

总结一下。现在,通过对设置三个秘密的考察,我们发现《雷雨》的主题有三种解释:

1. 写反封建。这样,蘩漪与周萍的秘密就是主要的,但其他两个秘密的设置就显得多余和累赘。

2. 写阶级压迫。这样,周朴园和鲁妈的秘密就是主要的,但其他两个秘密的设置就完全多余。

3. 写兄妹乱伦。这样,周萍和四凤关系的秘密就是主要的。这样理解,设置三个秘密的必要性就完全讲得通。

选择第一个解释,这最符合我们一向的理解,但三个秘密的设置讲不通;选择第三个解释,三个秘密的设置就完全合理,但《雷雨》就是写兄妹乱伦,这个结论好像叫人一下子接受不了。到底怎么办呢? 我们不必急着下结论,先转向对《雷雨》情节进展的分析。这种分析可以帮助我们下结论。

(二) 蘩漪和周萍的斗争就是《雷雨》情节的主线

当进入《雷雨》的剧情进展的分析时,我们发现,情况似乎是支持"反封建"的理解的,因为蘩漪与周萍的斗争就是全剧情节的主线。

第一幕是最需要分析的,因为这一幕写了什么不容易看清楚。第一幕开幕时是四凤和鲁贵在干活、聊天,说了很多周家的情况,也说了鲁妈的情况,谈话中间有鲁大海的出场。接下来是蘩漪、周冲、周萍次第出场、交谈。然后是周朴园上场,逼蘩漪喝药。喝药后蘩漪、周冲都走了,周朴园询问周萍这两年在家的表现,把他吓得要死,待知道不过是责备他经常喝酒、跳舞、很晚回家,赶紧说要改过,说他正要离开家,到矿上去做事,周朴园首肯。这一幕就结束了。这一幕最吸引人眼球的就是逼蘩漪喝药那一场戏。人物一一出场、交谈,展示人物自身,也交代出各个人物之间的关系,这符合编剧的常例,因为第一幕总是必须承担交代出一般情况、人物关系的任务的。但整个地看,这一幕到底发生了什么,全剧将要展开什么冲突,看不清楚。

但这一幕看来平淡,其实曹禺是惨淡经营的。这从早已为人们所注意的《雷雨》的开幕点(或称开幕时机,就是戏从故事的什么地方开始写起)可以看得出来。第一幕发生的时间是早晨。这一天早晨,"两个礼拜没有下楼"的蘩漪下楼了;"两年没有回家"的周朴园"前天晚上"回来了；在天津呆了两年的周萍前几天决定要离开家到矿上去了，已经托周冲在昨天告诉蘩漪，打算明天就要走，今天早上正要和父亲谈这件事；而鲁妈，此时正在从济南赶来天津的火车上。曹禺正在把各路人马、各种因素集合起来，这符合戏剧讲究集中性的原则。问题在于，这些活动之间的关系是什么。

这一点，在开幕的第一段，即鲁贵和四凤的谈话中透露出来。鲁贵跟四凤要钱，四凤很烦，所以给了他钱之后就要走，但鲁贵说还有话说，"这刚到正题"。正题是什么，鲁贵说得很明白："你妈一下火车，就到这儿公馆来。""是太太要我找她来的。""她自己要对你妈说，叫她带着你卷铺盖，滚蛋！"

于是，事情变得清楚了。蘩漪下楼，并不是因为周朴园前天晚上回来了（这两天她是关着卧室的门，不见周朴园的态度），而是因为鲁妈今天要来。鲁妈是她招来的，这是她策划的一个为了挽回周萍而排除情敌四凤的行动。与此同时，周萍却在筹划着离开家，以便远离与他有过乱伦关系却不肯断绝的蘩漪。所以，情况整体的实质是蘩漪和周萍的冲突，这个冲突正以暗斗的形式展开。周朴园并不知道这一斗争，他前天回家好像是一个意外情况，周朴园的存在给了蘩漪和周萍的斗争一个富于压迫性的环境。他逼蘩漪喝药，是他的封建压迫性的展现，而不是本剧要展开的冲突。

第二幕，我们看到情节循着蘩漪和周萍斗争的线路发展。第二幕的第一场戏是周萍与四凤的谈话。周萍要走，四凤当然着急，要周萍带她走，周萍好不容易说明不能带她走，把四凤安抚了下来。这一场戏完全是在周萍要走蘩漪不让他走的斗争线索上的。接下来的一场戏就是蘩漪和周萍的谈话，蘩漪要周萍不要走，她回忆过去，软硬兼施，话已经说到了"一个女子，你记着，不能受两代的欺负"的程度，但不走（意味着恢复关系）的要求被周萍拒绝了，因为他早已经后悔和厌恶自己与后母的这种关系，他"希望这是最后一次谈话了"。这一场是蘩漪、周萍之间的正面冲突。接下来鲁妈上场了。她在四凤陪着上场后，发现这是她过去呆过的周家，极度不安，要走，但蘩漪留住了她，和她进行了策划中的谈话。由于鲁妈已经想快快远离周家，所以一口答应带四凤走，对于蘩漪来说，这场谈话出乎意料地顺利，完全达到了她预期的目标。到此为止，蘩漪和周萍的斗争在正常进行，而且对于斗争的双方来说，情况并不出他们各自的预料。但接下来就出了岔子了。

这个岔子就是鲁妈和周朴园的见面。繁漪和鲁妈谈话结束离去后，鲁妈为什么不走？接着周朴园出场，他并没有认出鲁妈是谁，鲁妈为什么还是不走？这个问题曾经引起过很多讨论。有人说，这是因为鲁妈虽然恨周朴园，但还是想知道他现在对自己的感情如何。种种说法都有道理。但最直接的解释应该是曹禺不让鲁妈走，因为这是他安排的第二幕的重头戏，是决定全剧情节往下的发展的一场戏，所以两个人必须见面，不管是什么道理，反正鲁妈不能走。

鲁妈和周朴园的见面使得他们过去的秘密有可能暴露，防止这种前景出现成了周朴园此时的压倒一切的想法。所以他表现得很冷酷。他的应对就是给鲁妈经济补偿，同时解雇四凤和鲁贵，做到"周鲁两家从此再不见面"。

周朴园的这个应对，使得周家原有的秩序大乱，局面超出了繁漪和周萍的预料。所以我们站在繁漪和周萍的角度，称鲁妈和周朴园见面是"出了岔子"。但这个岔子是必需的一笔，是精彩的一笔。因为这是戏剧情势真正的发展。在第一幕中，繁漪和周萍在暗斗。到了第二幕，两个人正面交锋了，一个要对方不要走，一个仍坚持要走，但所说的东西本是他们原来的态度，谁也没有改变态度，两个人之间的斗争格局并没有发展，不过是现在面对面说出来了而已。只有到了鲁妈答应繁漪带走四凤，事情才是起了变化，但这一变化被周朴园的应对所淹没，现在是鲁贵、四凤一起被解雇，马上离开周家。这就打破原来的冲突情势，出现了新的情势，繁漪和周萍的斗争不可能再保持原来的局面，也就真正发展了。这就是为什么说鲁妈和周朴园见面是必需的一笔。而这一笔带来的新情势，使得剧情变得扑朔迷离，谁也无法预料事情往下会怎样发展。这是引人入胜的，是剧情进入中部最希望造成的效果。所以说是精彩的一笔。

周朴园作出决定之后，周家的景象是一片纷乱。周朴园要告知太太已经把鲁贵、四凤一起辞了，并且吩咐给他们"多算两个月的工钱，叫他们今天就去"；周冲要跟父亲谈谈，阻止这个决定，但被父亲"说哭了"；鲁贵当然心怀不满，但没有机会说；四凤遭此突变，惶然失措；鲁妈拉着被周萍打了的鲁大海要赶紧回家；周萍因为发现打了的是四凤的哥哥要跟她道歉；繁漪跟鲁妈说还有一箱自己的旧衣服要给四凤，会随后送来……但曹禺是不会被自己造成的一片乱象所乱的，他迅速地把笔触转回和集中到繁漪和周萍的斗争上来。所以这一幕的结束，写的是这两个人如何应对新的局面。周萍是赶紧和正要离去的四凤敲定今晚的见面,而蘩漪是盯着追问:"你今天晚上预备上哪儿去?"周萍公然回答:"我找她。你怎么样?"蘩漪说:"……这是一个下等女人——"周萍则回答:"你胡说!你不配说她下等,你不配!……"蘩漪威胁:"你不要把一个失望的女人逼得太狠了,她是什么事都做得出来的。"显然,曹禺紧紧地抓住蘩漪和周萍斗争的线索。现在,斗争已经升级。正如蘩漪所说:"风暴就要起来了!"

在第三幕,曹禺仍然紧紧地抓住蘩漪和周萍斗争的线索,并且把斗争推向白热化。这一幕时间是晚上,地点在鲁贵家。我们看见鲁贵喝了酒在发酒疯,发泄被解雇的不满,他打算着过一阵还能回到周家去。鲁妈则在筹划卖家具,因为她要带四凤去外地,这里的家不要了。鲁大海因为被矿上开除了,要出去找拉车的活儿。这一切看来和蘩漪、周萍的斗争无关,但这不过是必须写到的这些人物对新局面的反应、应对罢了。写完这些,戏就会转到写主要斗争线索上来。主要斗争在这幕戏里是周萍来和四凤幽会,蘩漪跟踪。这是第三幕的核心。鲁家这些人睡了,来幽会的周萍才能上场。

在蘩漪声称"风暴就要起来了"的时候,她到底要做什么,其实并没有想好。而在第三幕中,我们看见了蘩漪采取的两个行动。第一是派了周冲送来一百块钱,这个好意的实质是保证鲁家不会发生路费的困难,可以顺利地离开本地。这一点正是蘩漪的利益所在。于是出现了周冲到鲁家,又被鲁大海撵走的一场戏。如果说送钱这一行动是非常理智和精明的话,那么蘩漪的另一个行动则是感性的、冲动的。这就是对于来找四凤的周萍进行跟踪。

在这个大雷雨的夜里,蘩漪跟在周萍后面来到鲁家。周萍从窗子进入四凤房间,两人亲热的时候,蘩漪就站在窗外目睹了这一场景。她从外面关死了窗子,让周萍无法再从这里出去,这样周萍和四凤的关系就会被鲁家所有的人发现。事情的发展果然如此。蘩漪达到了目的。鲁大海发现在四凤房间的周萍,就想把他打死,但被鲁妈死死抱住,周萍和四凤才得以跑出,投身到雨夜里。蘩漪、周萍的斗争到此已经白热化了。

第四幕,蘩漪和周萍的斗争显得更加清晰。回到家的周萍决定三十六计走为上,就乘夜里两点半的车走。这时候的蘩漪一反高傲、威胁的姿态,低声下气地哀求周萍带她走,"哪怕以后把四凤接来都行"。但被周萍拒绝。知道她跟踪,并且是她关上了窗子,周萍恼恨得要蘩漪死。绝望的蘩漪为了阻止周萍离开,不惜当众说出她和周萍并非母子关系,她关上了大门,藏起了钥匙,并且把周朴园喊下楼来。蘩漪阻止周萍离开的斗争发展到这里,已经到了鱼死网破的程度!

从以上的剧情进展分析,可以看出蘩漪和周萍的斗争的确就是全剧情节的主线,而且非常清楚。所以在戏剧学院的课堂上,老师总这样解说:周萍要离开家,蘩漪不让他离家,这就是《雷雨》中的行动线索。这真是一点也不错的。不管对《雷雨》的含义、主题如何解释,戏剧行动线索就是如此。

(三)冲突的主线为什么在全剧高潮处被抛开了?

然而,正因为从头至尾的线索都这么清晰,一个大疑问就发生了。这个疑问就是:蘩漪和周萍的斗争线索为什么在第四幕的尾部,时间上就是周朴园下楼出现的时候,性质上就是在全剧达到高潮的时候,突然被抛开了!

这个疑问是十分惊人的。但这个疑问也许在大多数观众和读者那里根本就没有发生过,所以需要解释和叙述。

一直以来——这个一直以来,既是指很长时间以来,也是指把剧情发展一路分析下来——我们在认清蘩漪和周萍的斗争就是《雷雨》的行动线索的时候,始终设定这条斗争线索的意义是反封建,因为与周萍偷情并且竭力要维持这种关系,就是蘩漪对周朴园的反封建斗争的转化形式。按照这种理解,蘩漪到了鱼死网破的时候,为了不让周萍在隐藏着和她的关系的情况下一走了之而把周朴园喊下楼来的时候,她和周萍的斗争应该继续,继续的形式应该是摊牌。她应该把自己和周萍的关系暴露给周朴园。这时候,不管周朴园和周萍怎样反应,这父子两人都必然处在尴尬的、无地自容的困境中,而蘩漪自己则已经不顾什么身败名裂,倾泻出自己的积怨和愤怒。只有这样,才是反封建的写法。只有这样,才是对封建压迫的揭露和清算,蘩漪自己才是"如电如雷地轰轰地烧一场",才最终完成了一个"最雷雨"的性格。

但曹禺根本不是这样写的。

请看周朴园出场后的描写:

〔朴园由书房进，大家俱不动，静寂若死。

周朴园　（在门口）你叫什么？你还不上楼去睡。

周蘩漪　（倨傲地）我请你见见你的好亲戚。

周朴园　（见鲁妈、四凤在一起，惊）啊，你，你——你们这是做什么？

周蘩漪　（拉四凤向朴园）这是你的媳妇，你见见。（指着朴园向四凤）
叫他爸爸！（指着鲁妈向朴园）你也认识认识这位老太太。

鲁侍萍　太太！

周蘩漪　萍，过来！当着你的父亲，过来，跟这个妈叩头。

　　我们看到，当周朴园应蘩漪的要求下楼来，面对着打算离开的周萍和四凤的时候，蘩漪没有说自己和周萍的关系，而是把周朴园的注意力引向了鲁妈、四凤、周萍、周朴园之间的关系。

　　这一段台词最值得注意的，是曹禺在这里故意制造误会。而误会本就是佳构剧的主要创作手法之一。蘩漪在介绍了四凤之后就介绍鲁妈，但她不是说"这是四凤的母亲，你的亲家"，而是说"（指着鲁妈向朴园）你也认识认识这位老太太"。"这位老太太"的含糊说法，以及"你也认识认识……"的句式，足以让周朴园以为蘩漪已经知道了鲁妈就是梅侍萍，所以才说"你也认识认识"。接着蘩漪又叫周萍"过来！当着你的父亲，过来，跟这个妈叩头"。尽管蘩漪口中的"这个妈"是指丈母娘，但在知道鲁妈、周萍是母子关系的周朴园听来，却自然地以为是指亲妈。蘩漪不是说"过来，跟这个妈叩头"，而是说"过来！当着你的父亲，过来，跟这个妈叩头"，特别强调"当着你的父亲"，都足以让周朴园误以为蘩漪已经知道了自己、鲁妈、周萍之间的关系。曹禺对台词的这种写法就是刻意造成周朴园的误会。

　　于是，接下去的台词是：

周　萍　（难堪）爸爸，我，我——

周朴园　（明白地）怎么——（向鲁妈）侍萍，你到底还是回来了。

周蘩漪　（惊）什么？

鲁侍萍　（慌）不，不，您弄错了。

> 周朴园 （悔恨地）侍萍，我想你也会回来的。
>
> 鲁侍萍 不，不！（低头）啊！天！
>
> 周繁漪 （惊愕地）侍萍？什么，她是侍萍？
>
> 周朴园 嗯。（烦厌地）繁你不必再故意地问我，她就是萍儿的母亲，
> 三十年前死了的。

这一段写的是误会后的周朴园的反应。周朴园说了三句话，三句话的意义是层次分明的。

第一句是："（明白地）怎么——（向鲁妈）侍萍，你到底还是回来了。"这里的"（明白地）"内容丰富。总的说是周朴园以为他明白了他刚才还不知所以的当前情势。这个情势是：第一，繁漪已经知道了鲁妈的身份，知道了周朴园、鲁妈、周萍之间的关系；第二，关于怎样知道的，周朴园认为是鲁妈决定回到周家，所以找到了现在的周太太繁漪，说明了一切；第三，繁漪因此才安排了这个当众认亲的场面，这个安排充满着讥讽和挑战的意味。所以他说："侍萍，你到底还是回来了。"这句话的意义也有三层：第一，既然是这样的情势，他已经无可回避，合理的选择是采取主动，所以他直截了当地认了侍萍；第二，他和侍萍说话，而不是和繁漪说话，把事情定位成他和侍萍的事，一下子把咄咄逼人的繁漪抛在了一边，甩开了繁漪的讥讽和挑战；第三，"你到底还是回来了"，这是对侍萍决定回到周家（周朴园以为如此）的直面和叹息。

第二句话是："（悔恨地）侍萍，我想你也会回来的。"这句话是对鲁妈回来的决定表示了态度。周朴园认为自己是对不起鲁妈的，鲁妈要回来是合理的，鲁妈选择回到周家是有这个权利的，而自己前面撵走她是不对的。

第三句话是："（烦厌地）繁你不必再故意地问我，她就是萍儿的母亲，三十年前死了的。"这句话的主要意义不是对繁漪的厌烦，而是对于他与鲁妈关系的再确认。前面的认鲁妈主要是周朴园认了鲁妈，并不顾及其他人清楚了没有，这里的再确认却是对所有人的一个宣布。这就完成了周朴园和梅侍萍的秘密的揭底。

戏写到这里，就到了全剧最关键的地方。因为这就是佳构剧到了结尾揭开秘密、解决冲突的地方，也就是全剧的高潮所在。

但《雷雨》和一般佳构剧不同，它不是有一个秘密，而是有三个。所以这个关键

处要复杂一些。秘密的揭开对于剧中人来说是各不相同的。繁漪、周萍和四凤都是原来知道两个秘密（繁漪与周萍的关系，周萍与四凤的关系，三个人都知道，但不知道四凤、周萍是乱伦），现在才知道了第三个秘密（周朴园和鲁妈的关系）。鲁妈是知道两个秘密（她和周朴园的秘密、四凤和周萍乱伦的秘密，但她并不清楚周萍和繁漪是什么关系），现在还是知道两个，她只是害怕这两个秘密被揭露出来。对周朴园来说，他只是披露他所知道的唯一一个秘密，对于其他两个，他并不知道（对于四凤是"儿媳妇"，他无暇在意，也许根本就没有听进去，因为鲁妈的再次出现对他有冲击力，吸引了他的注意）。

但这些复杂性都不是最重要的。最重要的是这个揭底的场面总的意义是什么。这一点曹禺最清楚。因为这个揭底场面就是他精心策划的，是全剧谋篇布局的总结之处。曹禺让繁漪沿着与周萍斗争的线索策动了这一揭底场面，造成误会，让周朴园吐露了他所知道的唯一秘密。其结果是造成三十年前的秘密与今天四凤、周萍的秘密碰了头。碰头的结果是确认了四凤、周萍的乱伦关系。于是剧情朝着三人死两人疯（四凤、周冲电死，周萍开枪自杀，鲁妈、繁漪都一下子疯掉了）急剧发展。而繁漪与周萍的斗争从繁漪策动揭底场面开始就退出了剧情，他们母子乱伦的事情再也不会被提起了。

于是我们发现一个奇怪的现象：作为剧情主线的繁漪和周萍的斗争到了全剧高潮的地方被突然甩开了。

如果说观众大多未意识到这一点，因为他们被大悲剧的结局震慑，已经看呆了的话，曹禺自己是清醒的，他让一直自认为是斗争中心人物的繁漪说出了这样的台词："我，我万想不到是——是这样。"

如果追究这个奇怪现象的含义，那就是剧情高潮和反封建的解释脱了节。把周朴园当做封建压迫的代表来反，但反封建的主要表现，即繁漪和周萍的关系，周朴园却始终不知道，过去不知道，此后也永远不会知道。一部作品的主题应该通过冲突的最终解决表现出来，但《雷雨》冲突最终的解决是繁漪和周萍的关系不了了之，是四凤和周萍因乱伦暴露而死亡，但这一点和反封建毫无关系。

于是，我们对剧情进展的分析达到了这样一个逻辑上的结论：要么认为《雷雨》是写反封建，但写到最后走了题；要么认为《雷雨》本来就是写乱伦，并不是写反封建。两者必居其一。否则无法解释为什么斗争的主线到了高潮被甩开了。

（四）《雷雨》写的是兄妹乱伦

在上述两种解释中，我们选择的认识是：《雷雨》写的本就是兄妹乱伦。这样看的道理是充分的：

1. 曹禺写到最后走了题，根本不可能。这说不通，因为《雷雨》是精心结构的，第四幕结尾部分尤其是精心结构、苦心经营的。

2. 主题总是通过高潮表现出来的。《雷雨》最后是三死两疯，这都是因为发现周萍、四凤是兄妹乱伦，而不是因为周萍、繁漪关系的暴露。

3. 《雷雨》中三重秘密的设置，只有为了构成周萍、四凤的乱伦关系才说得通。这一点前面已经分析过了。

所以，《雷雨》写的本就是兄妹乱伦。

按照这种理解，有待解决的问题就是，既然如此，为什么《雷雨》的情节主线是繁漪和周萍的冲突？写繁漪和周萍的冲突同这个戏真正要写的是兄妹乱伦之间是什么关系？——回答这个问题，将导致对《雷雨》全部情节发展的一种新的解读。这个新解读简单地说就是：《雷雨》的全部情节其实是在完成一个周萍、四凤乱伦关系的暴露过程，这才是剧情真正的主线；繁漪、周萍的斗争是该剧的表层结构，它发挥着完成暴露兄妹乱伦关系的作用。

以下，让我们按照新的思路来解读《雷雨》的剧情。

在《雷雨》的第一次发表本中，四幕戏的前面和后面有序幕和尾声。序幕是一对姐弟参观教堂的附属医院，这里就是原来的周家，在客厅里看见一个疯女人（即鲁妈），听说楼上还有一个（繁漪）。姐姐告诉弟弟，她们之所以疯了，是因为这间屋子十年前的一天晚上死了三个人，于是弟弟追问："姐姐，你告诉我，这屋子怎么死了三个人，这三个人是谁？"姐姐要弟弟去问倒在舞台中心的疯妇人。这个人就是鲁妈。而鲁妈倒在舞台中心，就是第四幕结尾的最后场景，在这里再现了。序幕就在姐姐"你问她"的声音中结束了。这里的意思是很清楚的。曹禺要通过序幕把观众的注意力引导和集中到十年前一天晚上"怎么死了三个人，这三个人是谁"上面来，整个四幕戏就是回答这个问题的。这个问题姐姐说不清，所以叫弟弟"你问她"。为什么问鲁妈？因为死人的原因是兄妹乱伦，而周萍、四凤都是鲁妈生的。序幕的写法，清楚不过地说明《雷雨》要写的是兄妹乱伦。

第一幕的内容，前面已经分析了，看起来是人物上上下下，还有喝药吸引人的眼球，其实是繁漪和周萍正在展开暗斗。但这个暗斗仍然是表层结构，深层结构才是每一幕戏的真正内容。"深层结构"的说法可能一下子让同学们有些迷惑。深层结构并不是有一定含义的、标准性的理论术语。我不过是为了要同我们能看到的剧情区分开来，才使用一下这个说法而已。这么解释吧：表层结构是我们能看到的剧中人物要干什么，深层结构是曹禺真正要写什么。

那么，曹禺在第一幕到底要写什么？难道除了写繁漪和周萍的暗斗，还有别的吗？

如果我们从《雷雨》写兄妹乱伦看问题，我们就能发现新的内容。我们可以注意到在第一个场面，即鲁贵和四凤的谈话中首先披露的就是四凤和周萍的关系。鲁贵对这种关系知道得很清楚，所以四凤不肯承认的时候，他干脆说周萍"那是我们鲁家的阔女婿"。但鲁贵并不知道他们是兄妹关系，反而容忍和鼓励这种关系，他对四凤说："一个当差的女儿，收人家点东西，用人家一点钱，没有什么说不过去的。"那么谁能知道四凤和周萍是兄妹关系呢？只有鲁妈。而鲁妈今天要来天津，下了车直接到周公馆来。这在鲁贵和四凤的谈话中交代了。四凤很紧张。紧张的原因，表面上是"妈不愿意我在公馆里帮人"，其实是怕自己与周萍的关系被母亲知道。

鲁妈为什么来？是被繁漪招来的。但这是表层结构。深层结构是，她为兄妹乱伦的暴露而来。这才是曹禺安排鲁妈到来的用意所在。因为只有鲁妈到来，三十年前的秘密和今天四凤、周萍之间关系的秘密才能够碰头。安排鲁妈的到来，造成配套的两个秘密的碰头，发现四凤和周萍是乱伦关系，让他们走向死亡，这就是《雷雨》整个儿的构思，也就是深层结构。谁要是看不明白这一点，就是不懂《雷雨》。

所以，表面现象是繁漪招来鲁妈，其实繁漪是曹禺让鲁妈出现的一个工具。曹禺让鲁妈出现，就是让她和周朴园碰头来的——尽管与周朴园的碰头在第二幕中被写得看起来是一个意外。于是，第一幕的真实含义应该是：周家的所有人都在各自为自己的目标经营着，周萍想走，繁漪想不让他走，周朴园想搬新房子，想维持家庭秩序，周冲想让四凤读书，但他们都不知道，一个足以揭露真相的知情人正乘着火车向这里赶来，她的到来将毁灭现在的一切。

第二幕中，鲁妈和周朴园的见面是重头戏。这一点没有疑问，即便从反封建的分析思路来看也是这样认识的。从写兄妹乱伦的思路来分析，则更能够看清这一场就是整个第二幕的用意所在，因为这是计划中的碰头。需要重新认识的是周朴园为什么那样冷酷？

周朴园的冷酷是从来就被注意到的，但并没有被看做是一个问题。因为这好解释：剥削阶级本性的暴露。这种冷酷和他一向对梅侍萍的怀念不一致。但这也好解释：怀念是虚伪的。"文革"结束以来，人们的认识变了，把周朴园当人看，认为怀念是真心的了。但为什么见了面又冷酷呢？也能解释：毕竟人有自私的本性，见了面关心自己的利益，翻下脸来，也讲得通，这正是人物丰富性的表现嘛。

但在长期的解释中，人们已经忘记了冷酷本来是作为一个需要解释的问题提出的，因为每个读者和观众都会感到第二幕中周朴园认出了鲁妈之后突然翻脸的态度是那样的突然，不合人情，显得非常刺目。从第一幕到第二幕，剧中反复地提到了梅侍萍用过的旧家具，它们就摆在这间起居的屋子里，甚至梅侍萍的照片也摆在梳妆台上，两次提到这间屋子的窗子不许开，因为这是梅侍萍当年坐月子怕风留下的习惯，谁开了窗子周朴园就要生气。第一幕结尾处还说到周萍的名字就是为了纪念他的母亲，因为母亲名字里有个萍字。第二幕中周朴园见了鲁妈，竟然听出她有无锡口音，就很怀念的说起"无锡是个好地方"，向她打听三十年前投水的女子，想要"把她的坟修一修"。当鲁妈说投水的人其实没有死，这些年她过得很苦的时候，周朴园还问"她为什么不再找到周家"。这一切都让人感到周朴园认出了鲁妈之后不应该是翻脸的态度。再看后面，第四幕开头，周朴园安排寄两万块钱到济南给鲁妈，后来也当众认了鲁妈，要周萍认母，以后孝顺母亲，显然认了鲁妈也并不会让他现在的生活遭到颠覆。所以，从一切情况看来，周朴园第二幕中的冷酷态度虽然可以解释，但比较反常。认鲁妈，安排她今后的生活，并且开始关心鲁大海这个失而复得的儿子，才是正常的、最合情理的。即便会面事出突然，一时想不清怎样处置，话也不应该是"你来干什么"这样的说法。因为过去无锡的那段岁月是周朴园最美好的时光，梅侍萍被逼离家、投水而死是周朴园一生的伤痛，能够弥补这种缺憾是他一生的愿望，实际情况是多少年来他一直在打听梅侍萍的下落，所以现在突然说"三十年的功夫你还是找到这儿来了"，显得不通，好像梅侍萍一直在找他，而他一直躲着梅侍萍似的。这里的做法也不是周朴园的办事风格。周朴园是一个冷静、有条理、处事能力很强的人。他的第一次出场，是"(看钟)十分钟后我还有一个客来，嗯，你们关于自己有什么话说么"。这是在公务间隙抓紧处理家务。他判断繁漪是身体引起的心理问题，所以给她请了德国的脑病专家来看病。他对于周萍要到矿上工作的愿望，处置是"你可以明天起身，做哪一类事情，到了矿上我再打电报给你"，并且自己为他写一封介绍信带去。这种脑子清楚、能够谋定而后断的人，对于他一生要弥补的亏欠这样的大事情，竟然是把鲁妈立即撵走的做法，也是反常的。这就难怪人们感到这里是不合常情的冷酷，对他一向的怀念要解释成虚伪了。但要说这里是写周朴园卑劣本性、阶级压迫嘴脸的大暴露，那么后面又反过来写他那样通人情，让周萍认母，又不合逻辑了。所以，周朴园第二幕中的冷酷其实一直没有一个十分圆满的解释。

而现在从《雷雨》是写兄妹乱伦的角度，我们可以提出另一种解释：周朴园的冷酷态度其实是编剧的需要。因为让三十年前的秘密和周萍、四凤现在的秘密碰头，让他们的乱伦暴露，走向死亡，是全剧的构思，周朴园在剧中的行为是必须为完成这个构思服务的。

首先，"两年没有回家"的周朴园必须回来，因为不回来就不能和鲁妈碰头。回来需要理由。周朴园回家后忙着处理罢工的事情，这是给观众的印象。但其实跑回家来处理罢工并不是必须的、合理的选择。这一点观众并不追究，但曹禺想到了。所以给他的回家找的理由是造了两年的新房子落成了，周朴园回来催着搬新房子，并且要卖掉现在的房子(尽管这房子绝不破旧，而且大得可以做医院)。由于这仅仅是编剧需要的周朴园回家的理由，所以第一幕提过之后，搬新房子只是在第四幕周朴园又提过一句，这件事情在剧情中就消失了。

回来了要和鲁妈见面。鲁妈来这里是应繁漪的要求，谈过话急着要走，却还没来得及走掉，周朴园必须这时候上场，才能造成两个人见面的场面。周朴园上场需要理由。曹禺给他的理由是要穿雨衣。前面，繁漪和鲁妈谈话的时候，通过鲁贵传话，说老爷要出门，要求繁漪把雨衣找出来，一会儿又传话说雨衣送到这里来，老爷要到这里来穿。周朴园就是用穿雨衣的理由上了场和鲁妈撞见了。其实周家有汽车，周萍出门都动用汽车，周朴园出门根本用不着雨衣，雨衣又何必要到这里来穿？

但这都是编剧的需要。周朴园上场之后，嫌送来的三件雨衣都是新的，他要的是旧的。为什么要旧的？难道为了节省？难道穿雨衣还要怀旧？其实就是为了引出"顺便把那箱子里的几件旧衬衣也检出来"这一句话，以便引出鲁妈说那些旧衬衣共有五件，每件有什么特征的话，造成周朴园不能不认出鲁妈就是梅侍萍。这都是编剧的需要。

如果能够从编剧的角度看情节设置，就会明白周朴园在这个戏中的根本作用不是作为一个封建压迫者来压迫别人，而是和鲁妈碰头，揭开三十年前的秘密。这个作用的完成是在第四幕。这个任务不能在第二幕完成。因为条件还不成熟，周萍、四凤的关系还没有明白昭彰。所以第二幕的任务不是揭开三十年前的秘密，反而是防止这个秘密被揭开。所以要让周朴园撵走鲁妈、鲁贵、四凤，造成原来的局面大乱，在乱中使得四凤、周萍的关系暴露、确定，然后才能揭开三十年前的秘密，印证兄妹的乱伦。所以，第二幕周朴园和鲁妈非见面不可，见了面，周朴园非冷酷不可。

当编剧的构思决定剧情非如此发展不可的时候，剩下的事情就是怎么能够写得合情合理。曹禺是做到了这一点的。在第二幕这场见面的戏里，周朴园和鲁妈尴尬、激烈、复杂的情感写得非常出色，周朴园还提到了"鲁贵像是个很不老实的人"，显然暗指必须考虑到鲁妈被鲁贵支配来敲诈的可能，这都让周朴园的冷酷获得解释。而前面写周朴园那样怀念梅侍萍，也给第四幕他决然认鲁妈提供了根据。关于"冷酷"、"虚伪"的困惑，不过是总体合理之中还有一点生硬的痕迹罢了。

第三幕的核心是周萍来四凤家幽会，结果两个人的关系暴露。如果从全剧构思看，更容易明白这一幕的目标就是要让周萍、四凤的关系明白昭彰。周萍和四凤好，第一幕鲁贵说过，第二幕我们又看见两个人在一起，但蘩漪对她猜想的这个关系还没有真凭实据，鲁妈极其担心四凤和周家的人发生自己当年那样的事情，所以叫四凤发誓"不见周家的人"，但总归是担心，没有抓住事实。而第三幕就是达到"捉奸捉双"、人人皆见、事情落实的结果。我们发现，曹禺给四凤和周萍安排的是最容易暴露自己的环境。鲁贵家曾经是四凤和周萍幽会的地点，这从他们有固定的暗号（周萍吹口哨，四凤在窗子上放一盏灯表示安全）就看得出来。但那是在家中无人的时候。这一天晚上却是家中满人，鲁妈来了，鲁贵被解雇了，鲁大海被开除了，都在家里，朋友邻居都可能来。鲁家地方又小，只有里外连通的两间屋子。这种情况去幽会，简直是自找暴露。但曹禺给出了理由：第一是周萍明天就要走了，情热中的一对今晚不能不见一次；第二是鲁妈来了，必要和四凤谈话，四凤出不来，在外面找地方见面也不可能。于是周萍非来不可，他们寄希望于后半夜大家都睡了的机会。但曹禺却给这一对恋人安排了围追堵截的人。周萍的背后，是跟踪的繁漪，她还在看到事实后关上了窗子！本来，窗子关上，周萍要出去就只能穿过鲁贵、鲁妈就寝的外间屋子才能出去，很难不被发现了，但曹禺还安排了鲁大海从前面来堵截。

鲁大海在第三幕中有三次上场。第一次是开幕的时候就在场上，刚吃过晚饭，和鲁贵发生了冲突，后来说要去找拉车的活儿就下场了，并且对鲁妈说"今天晚上我恐怕不回来睡觉"，意思是找着了拉车的活儿，就可以睡在车厂里，家里地方小，就不回来了。第二次上场是晚上十一点钟，为什么上场没有说明理由，也许是找到了拉车的工作回来报告一声，再加上是自己的家，又改主意回来睡觉了，都说得通。问题在于上场的时候是鲁妈在外面联系卖家具不在家，鲁贵拿着周冲送来的钱去给二少爷买吃的去了也不在家，正撞见四凤和周冲在说话，于是大惊，不仅撵走周冲，而且把四凤和周冲"像是很亲热似的"报告给了接着回家的鲁妈。所以鲁大海第二次上场的作用其实就是回来撞见四凤和周冲的。但接着他又走了，走的理由是"钱完了（身上所有的钱填补了鲁贵花的钱，凑满一百元还给了周冲），我也许拉一晚上车"。挣钱就这么紧迫，非得后半夜去挣吗？后半夜又有多少客人坐车，能有多少生意呢？这些问题其实不必追究，因为这也是编剧的需要：鲁大海要是不走，四凤和周萍的幽会就实行不了，戏就写不下去了。但到了周萍进了四凤房间，两人幽会，窗子被繁漪从外面关上的时候，鲁大海偏偏又回来了！理由是"雨下得太大，车厂的房子塌了"。而四凤的屋子里早就竖着一块铺板，鲁大海问着铺板，就推门进了四凤的房间……显然，鲁大海的第三次上场就是为了发现四凤和周萍，他和繁漪形成了前后堵截之势。曹禺在《〈雷雨〉序》中说"宇宙正像一口残酷的井"，而第三幕这里的四凤房间，可以说真是一口陷阱，曹禺的周密安排使得四凤和周萍关系的暴露是在劫难逃、百无一失。

第三幕完成了让四凤、周萍关系暴露的任务，在第四幕中揭底的条件就成熟了。第四幕中，曹禺安排四凤又来到了周家找到周萍，而鲁妈和鲁大海追着四凤也来到了周家，揭底需要的人物就凑齐了。繁漪再把周朴园喊下楼来，造成揭底的场面。于是全剧的构思得以完成。这已经不用再多分析了。

说完了四幕戏,需要的是总说一下《雷雨》的深层结构,也就是曹禺的谋划和构思。这一点,曹禺自己其实已经说了。他在《〈雷雨〉序》中写道:

> 周萍悔改了"以往的罪恶",他抓住了四凤不放手,想由一个新的灵感来洗涤自己。但这样不自知地犯了更可怕的罪恶,这条路引到死亡。蘩漪是个最动人怜悯的女人。她不悔改,她如一匹执拗的马,毫不犹疑地踏着艰难的老道。她抓住了周萍不放手,想重拾起一堆破碎的梦而救出自己,但这条路也引到死亡。①

这里有说周萍的一句话,又有说蘩漪的一句话。说周萍的一句话说的是《雷雨》开幕前的事情。这就是前面分析的三重秘密的设置中唯一能够合理的那种解释。其中两个秘密造成周萍和四凤是兄妹,相爱就是乱伦关系。第三个秘密起推动兄妹乱伦关系发生的作用。第三个秘密(蘩漪和周萍的关系)开始于两年前,但半年前,周萍为了悔改和找到新的生机投向了四凤的怀抱,成就了"更可怕的罪恶"。这些都在开幕之前就发生了。戏开幕之后,写的就是通过蘩漪"抓住了周萍不放手,想重拾起一堆破碎的梦而救出自己"的行动来造成四凤、周萍乱伦关系的暴露。是蘩漪招来了唯一能够揭露真相的鲁妈;是蘩漪跟踪周萍,造成兄妹乱伦的事实的确认;但这还不足以造成兄妹乱伦的暴露,因为知情的鲁妈在第四幕采取了知道也不说破的态度;又是蘩漪招来了周朴园,造成周朴园要周萍当众认母的场面,终于使兄妹乱伦暴露,把一对兄妹推上了死路。所以《雷雨》的深层结构就是:先设置兄妹乱伦的发生,再描写兄妹乱伦的暴露。

(五) 曹禺自己对《雷雨》的解说

说完了我的分析,我们来看看曹禺自己的解说,做个比对和印证。

曹禺自己的解说主要见于两篇文章。第一篇是《〈雷雨〉的写作》,这是曹禺写给《雷雨》的导演者的一封信,初发表于《质文》月刊 1935 年第 2 号,写作时间应该是

---

① 《曹禺全集》第一卷,第 8 页。

1934 年。第二篇是《〈雷雨〉序》，初发表于上海文化生活出版社 1936 年 1 月出版的
《雷雨》单行本。曹禺不是善于做理论表述的人，所以文章写得很感性，但要说的意
思还是明白的。这两篇文章有一点区别，前一篇写于刚要成名的时候，比较直白，后
一篇写于已经成名之后，有着顾及自己形象，想要说得圆融周到和深透一点的意味。
但两篇文章对《雷雨》的解说，意思是一样的。

曹禺说的第一个意思是：《雷雨》是怎样写出来的，为了什么目的写的，他自己也
不知道，但《雷雨》肯定不是一个社会问题剧，写作的用意肯定不是反封建。

曹禺是这样说的：

> ……我写的是一首诗，一首叙事诗，……但决非一个社会问题剧。
> （《〈雷雨〉的写作》）①

> 我爱着《雷雨》如欢喜在溶冰后的春天，看一个活泼泼的孩子在日光下
> 跳跃……我对《雷雨》的了解只是有如母亲抚慰自己的婴儿那样单纯的喜
> 悦，感到的是一团原始的生命之感。……

> 我说过我不会说出什么来。这样的申述也许使关心我的友人们读后
> 少一些失望。累次有人问我《雷雨》是怎样写的或者《雷雨》是为什么写的
> 这一类的问题。老实说，关于第一个，我也莫明其妙。第二个呢？有些人
> 已经替我下了注释，这些注释有的我可以追认——譬如"暴露大家庭的罪
> 恶"——但是很奇怪，现在回忆起三年前提笔的光景，我以为我不应该用欺
> 骗来炫耀自己的见地，我并没有显明地意识着我是要匡正讽刺或攻击些什
> 么。……（《〈雷雨〉序》）②

那么，《雷雨》到底实际上写了什么呢？曹禺是这样说的：

> 《雷雨》对我是一个诱惑。与《雷雨》俱来的情绪蕴成我对宇宙间许多

---

① 《曹禺全集》第五卷，第 9 页。
② 《曹禺全集》第一卷，第 6—7 页。

神秘事物一种不可言喻的憧憬。《雷雨》可以说是我的"蛮性的遗留"。我如原始的祖先们对那些不可理解的现象睁大了惊奇的眼。……《雷雨》所象征的对我是一种神秘的吸引，一种抓牢我心灵的魔。《雷雨》所显示的，并不是因果，并不是报应，而是我所觉得的天地间的"残忍"。（这种自然的"冷酷"，四凤和周冲的遭际最足以代表。他们的死亡，他们自己并无过咎。）如若读者肯细心体会这番心意，这篇戏虽然有时为几段紧张的场面或一两个性格吸引了注意，但连绵不断地若有若无地闪示这一点隐秘——这种宇宙里斗争的"残忍"和"冷酷"。在这斗争的背后或有一个主宰来使用它的管辖。这主宰，希伯来的先知们赞它为"上帝"，希腊的戏剧家们称它为"命运"，近代的人撇弃了这些迷离恍惚的观念，直截了当地叫它为"自然的法则"。而我始终不能给它以适当的命名，也没有能力来形容它的真实相。因为它太大，太复杂。我的情感强要我表现的，只是对宇宙这一方面的憧憬。（《〈雷雨〉序》）①

这段话费解了。需要分析了。曹禺说，他写的是宇宙的"主宰"，或者说对于这种主宰力量的"憧憬"。这还是费解，不够具体。这里的关键是，诱惑曹禺写作《雷雨》的，是一种引起憧憬的神秘事物，是"如原始的祖先们"那样"睁大了惊奇的眼"所看到的"不可理解的现象"，这种东西到底是什么呢？

《〈雷雨〉的写作》中的一段话也许可以解答这个问题：

　　……尔难道不喜（恕我夸张一点这是作者的虚荣心，尔且放过了这个）雷声轰轰轰过去，一个男子（哥哥）在黑得像漆似的夜里，走到一个少女（妹妹）窗前说着呓语，要推窗进来，那少女明明喜欢他，又不得不拒绝他，死命地抵着窗户，不让他亲近的场面？尔难道不觉得那少女在母亲面前跪誓，一阵一阵的雷声，（至于雷雨象征什么，那我也不能很清楚地指出来，但是我已经用力使观众觉出来。）那种莫名其妙的神秘终于使一个无辜的少女

---

① 《曹禺全集》第一卷，第7页。

做了牺牲,这种原始的心理有时不也有些激动一个文明人心魄么?使他觉

到自然内更深更不可测的神秘么?(《〈雷雨〉的写作》)①

这段话是写给导演者的。十分清楚,这段话描述的就是《雷雨》第三幕周萍与四凤幽会的场景,以及在此之前四凤发誓,若再见周家的人,"让天上的雷劈了我"的情景。曹禺就是要导演者通过这些场景体会《雷雨》之引人入胜处。《雷雨》中场面很多,为什么举这个场景来让人体会作品的意思?如果《雷雨》要写的是封建压迫,可以举第一幕中"喝药";如果《雷雨》要写阶级冲突,可以举第二幕中周萍打鲁大海这一场。但曹禺举的是第三幕中周萍要推窗进来做爱这一场。原因在于这一场是全剧中唯一的直接表现性欲的一场。曹禺就是要导演者通过这一场体会那种"原始的心理"、"莫名其妙的神秘"。于是,问题得到解答。具有抓牢人心的魔力的,作为自然界的神秘的,"如原始的祖先们"那样"睁大了惊奇的眼"所看到的"不可理解的现象",其实就是性。因为正是性的力量使得哥哥要推窗进到妹妹房间,是性的力量"终于使一个无辜的少女做了牺牲",是性的力量使人可以不顾后果,哪怕会把人劈死的天雷正在滚动。

为什么曹禺把性看得如此神秘呢?最简单的解释就是他写《雷雨》的时候只有二十四岁,他正处在恋爱的情热之中,是被神秘的性的力量所控制、所迷惑的时候。当时曹禺正追求郑秀,郑秀是清华的校花,不理他,曹禺就一晚一晚地站在郑秀的楼下。结果是女生们都来劝郑秀:再不理他,就要出事了!后来,曹禺每天在清华图书馆写《雷雨》的时候,郑秀就在旁边看书,到傍晚,两个人就一起出图书馆,曹禺就把刚写的读给郑秀听。从这样的写作背景和写作状态来看,曹禺把性看得如此神秘,性的力量对于他成了"一个诱惑",要来写作"一首叙事诗",就不难理解了。

如果说,对于性的神秘感是写作《雷雨》的动力,曹禺又把它看做"上帝"、"命运"或"自然的法则",这就是曹禺解说《雷雨》的第二个意思的话,那么,曹禺解说的第三个意思就是他希望观众怎样来看《雷雨》,从《雷雨》中看到些什么。曹禺这样写道:

---

① 《曹禺全集》第五卷,第 10 页。

我用一种悲悯的心情来写剧中人物的争执。我诚恳地祈望着看戏的
人们也以一种悲悯的眼来俯视这群地上的人们。……我是个贫穷的主人，
但我请了看戏的宾客升到上帝的座，来怜悯地俯视着这堆在下面蠕动着的
生物。他们怎样盲目地争执着，泥鳅似的在情感的火坑里打着昏迷的滚，
用尽心力来拯救自己，而不知千万仞的深渊在眼前张着巨大的口。……周
萍悔改了"以往的罪恶"。他抓住了四凤不放手，想由一个新的灵感来洗涤
自己。但这样不自知地犯了更可怕的罪恶，这条路引到死亡。繁漪是个最
动人怜悯的女人。她不悔改，她如一匹执拗的马，毫不犹疑地踏着艰难的
老道。她抓住了周萍不放手，想重拾起一堆破碎的梦而救出自己，但这条
路也引到死亡。在《雷雨》里，宇宙正像一口残酷的井，落在里面，怎样呼号
也难逃脱这黑暗的坑。……(《〈雷雨〉序》)①

一句话，曹禺要观众像上帝一样俯视人间，用悲悯的心情看宇宙的残酷和人间
众生无谓、无望的挣扎。

曹禺的解说，大体是这么三个意思。这三个意思，曹禺是写清楚了的。问题在
于，这三点意思从来没有被读者、观众和评论家接受过。

三、小结：《雷雨》是一个复杂的创作现象

当我们说过了曹禺自己的解说之后，我们可以对《雷雨》的重新解读做一个小结。

小结的根本一点是一个可以确信无疑的成果：《雷雨》写的的确是乱伦而不是反
封建。这一点是我们仔细分析出来的，和曹禺自己的解说也是符合的。

然而，当我们面对着这个成果的时候，却一点轻松的心情也没有。我们根本就
无法自得地宣布：《雷雨》的意义已经廓清，《雷雨》的真相已经恢复，反封建之类解读
可以从此休矣！因为我们发现一旦获得了上述成果，自己就面对着一个更大的需要
解释的现象，这个现象是一片混沌、一堆悖论。

---

① 《曹禺全集》第一卷，第8页。

主要的一个悖论是：既然《雷雨》只是写无知状态下的兄妹乱伦和最终毁灭，这个戏就没有什么意义。但要不是觉得《雷雨》有丰富的意义，我们又怎么会来花力气分析它，并且得出这种清楚的结论呢？

这个悖论的另一种表现是：读者、观众和评论家都希望曹禺说说他写的是什么，曹禺说了，但结果是他的自白无人理睬。因为要是人们采纳了曹禺的说法，即宇宙残忍，人类可怜，他是写对于宇宙主宰力量的"憧憬"，就会认为《雷雨》没有价值，哪里还有曹禺以一举成名的剧作家的姿态来表白的机会呢？

其实，这个悖论早就有历史的表现，这就是早期的评论。二十世纪三四十年代的评论并不像1949年以后的那样把《雷雨》奉作无上的经典只说好话，还是比较实在的，那些评论总的说是一方面肯定和赞扬《雷雨》具有反封建的和其他的社会价值，一方面又指出该剧具有宿命论的倾向。其实，宿命论这一点就可以构成对剧本的否定，和总体肯定是构成悖论的。但人们把宿命论看做了一个缺点，所以使得悖论好像化解了。

——这就是我们面对的问题：一方面，《雷雨》只是写无知状态下的兄妹乱伦和最终毁灭，这个故事没有什么意义，这是已经看得清楚的事实；另一方面，每一个看过《雷雨》的人都会感到这个戏包含着丰富的意义。这两方面如何统一得起来？需要解释。

我的解释是：《雷雨》是在一个缺乏意义的故事上写出了丰富意义的作品，是一部在十分幼稚的状态下写出来的杰作。

这个说法看起来不通，本身就像一个悖论。且让我给出说明。

在一个缺乏意义的故事上能写出丰富的意义吗？这其实是可能的。假如有一个少年，对人生不理解，与家人发生矛盾，就跑出来，在外面流浪。这种故事通常的写法是，少年通过流浪，吃到了苦头，对生活提高了认识，打电话表示要回家。这就是一个有意义的故事，一个关于成长的故事。但如果写成流浪几天，没有什么觉悟，忽然被汽车撞死了。这就成了一个缺乏意义的故事了。但流浪几天总是有经历的。我们假定这个孩子打工，要过饭，搭过车，借过宿，受过欺负，邂逅过异性，而这些过程生动、深刻地反映了社会的种种内涵。我们把整个过程具体地记录下来，成为一篇报道。你怎么看这篇报道呢？你不能因为它根本是一个缺乏意义的翘家故事就否认它包含的丰富的意义，你也不能因为看到丰富的意义就否认这本是一个缺乏意义的翘家故事。而假如包含的意义足够丰富和深刻，人们也许就忘记了它其实是一个翘家的故事了。《雷雨》就是这样的一部作品。

如果上述说法讲得通，我们就可以过渡到以幼稚的状态写出杰作的说法。

曹禺写作《雷雨》时候的状态是幼稚的吗？我认为是的。

1. 曹禺说他要写的是对宇宙主宰力量的憧憬。这种主宰应该是涉及一切的，但曹禺其实只是对性的力量感到神秘，他却把这一点和命运之类混同起来。这是幼稚。

2. 写性的力量，需要有相应的故事。这通常应该是理智的力量和性这种自然的力量冲突的故事，人在这种冲突中挣扎的故事。《雷雨》中是有这种故事的，这就是蘩漪和周萍的故事。但曹禺并不赋予他们的斗争以神秘的、宿命的色彩。他要用以表现神秘的是周萍和四凤的关系，但四凤和周萍的关系中却没有什么理智与自然力量的斗争和挣扎。这就是说，曹禺真正要写的东西与他的创作实际处在完全脱节的状态。四凤和周萍的故事中没有任何神秘，有的只是纯粹的宿命。这是幼稚。

3. 要写命运、宿命，应该是举出大家都感到是自然的、神秘的事物来写。《雷雨》并不是这样。四凤能够来到周家，这是曹禺编织的令人难以相信的巧合，却要说这就是宿命。自己构筑在无知中遭受灾难的故事，说这就是宇宙的残忍，以为观众会产生同感，这是幼稚。

4. 要求观众像上帝看人间的无谓挣扎那样看戏，这是幼稚。观众真要是这样看戏，看的又是无谓的挣扎，以上帝的眼光看来，《雷雨》就根本是一场笑剧，哪里会有悲悯的心情呢？

总起来看，曹禺的想法是混乱的，或者说思想是混沌的。这种幼稚，是如一个少年，看不懂社会，所以很有感慨，却宣称自己这是把人生看透了的状态。我这么说，可能很多人会愤愤然，觉得是对曹禺的大不敬。但曹禺自己是承认的，所以他叙述自己创作意图和由来的文字，最后总结的话是这样的：

> 所以《雷雨》的降生是一种心情在作祟，一种情感的发酵。说它为宇宙
> 一种隐秘的理解乃是狂妄的夸张，但以它代表个人一时性情的趋止，对那

些"不可理解的"莫名的爱好,在我个人短短的生命中是显明地划成一道阶段。(《〈雷雨〉序》)①

换句话说,《雷雨》是年轻时一时的情感表现,不是严谨的、清明的理智的产物。那么,在这种状态下何以写出杰作?

那是因为曹禺的才华。这位第一次写大戏的青年,把太多的东西堆到了一个戏里。在有创作经验的人看来,《雷雨》这个戏其实用上了几个戏的材料。周朴园、蘩漪、周萍三个人物,就足以写一个反封建的戏了。用周朴园、鲁妈、周萍、鲁大海四个人,写三十年的恩怨,写身为兄弟的两个阶级的对立,就足以写成一个表现阶级内容的戏了。蘩漪、周萍、四凤三个人,就足以写成一个爱情和情欲的戏了。曹禺把这么多的人物和人物关系用来写一个乱伦暴露的情节戏,结果是每个人物、每方面的内涵都写不深写不透。但关键在于,即便是这样,《雷雨》在反封建方面、阶级内容方面、表现情欲方面,每个方面都比相应方面的此前有过的戏剧写得深入和扎实。这种话,听起来有点夸大,甚至匪夷所思。但读读剧本就很明白,确实是如此。让我们举个片段做例子。我要举的是《雷雨》中一个不起眼的片段,即第四幕中,鲁大海跑到周家找周萍算账的一段:

周　萍　(耐不住,声略颤)没想到你现在到这儿来。

鲁大海　(阴沉沉)听说你要走。

周　萍　(惊,略镇静,强笑)不过现在也赶得上,你来得还是时候,你预备怎么样? 我已经准备好了。

鲁大海　(狠恶地笑一笑)你准备好了?

周　萍　(沉郁地望着他)嗯。

鲁大海　(走到他面前)你! (用力地击着周萍的脸,方才的创伤又破,血向下流)

周　萍　(握着拳抑制自己)你,你,——(忍下去,由袋内抽出白绸手

---

① 《曹禺全集》第一卷,第8—9页。

绢擦脸上的血）

〔半晌

鲁大海　（切齿地）哼？现在你要跑了！

周　萍　（压下自己的怒气，辩白地，故意用低沉的声音）我早有这个
　　　　计划。

鲁大海　（恶狠地笑）早有这个计划？

周　萍　（平静下来）我以为我们中间误会太多。

鲁大海　误会？（看自己手上的血，擦在身上）我对你没有误会，我知
　　　　道你是没有血性，只顾自己的一个十足的混蛋。

周　萍　（柔和地）我们两次见面，都是我性子最坏的时候，叫你得着
　　　　一个最坏的印象。

鲁大海　（轻蔑地）不用推托，你是个少爷，你心地混帐，你们都是吃饭
　　　　太容易，有劲儿不知道怎样使，就拿着穷人家的女儿开开心，
　　　　完了事可以不负一点责任。

周　萍　（看出大海的神气，失望地）现在我想辩白是没有用的。我知
　　　　道你是有目的而来的。（平静地）你把你的枪或者刀拿出来
　　　　吧。我愿意任你收拾我。

鲁大海　（侮蔑地）你会这样大方，——在你的家里，你很聪明！哼，可
　　　　是你不值得我这样，我现在还不愿意拿我这条有用的命换你
　　　　这半死的东西。

周　萍　（直视大海，有勇气地）我想你以为我现在是怕你。你错了，
　　　　与其说我怕你，不如说我怕我自己；我现在做错了一件事，我
　　　　不愿意做错第二件事。

鲁大海　（嘲笑地）我看你这种人，活着就错了。刚才要不是我的母
　　　　亲，我当时就宰了你！（恐吓地）现在你的命还在我的手
　　　　心里。

周　萍　我死了，那是我的福气。（辛酸地）你以为我怕死，我不，我
　　　　不，我恨活着，我欢迎你来。我够了，我是活厌了的人。

鲁大海　（厌恨地）哦，你——活厌了，可是你还拉着我年轻的糊涂妹妹陪着你，陪着你。

周　　萍　（无法，强笑）你说我自私么？你以为我是真没有心肝，跟她开开心就完了么？你问问你妹妹，她知道我是真爱她。她现在就是我能活着的一点生机。

鲁大海　你倒说得很好！（突然）那你为什么——为什么不娶她？

周　　萍　（略顿）那就是我最恨的事情。我的环境太坏。你想想我这样的家庭怎么允许有这样的事。

鲁大海　（辛辣地）哦，所以你就可以一面表示你是真心爱她，跟她做出什么不要脸的事都可以，一面你还得想着你的家庭，你的董事长爸爸。他们叫你随便就丢掉她，再娶一个门当户对的阔小姐来配你，对不对？

周　　萍　（忍耐不下）我要你问问四凤，她知道我这次出去，是离开了家庭，设法脱离了父亲，有机会好跟她结婚的。

鲁大海　（嘲弄）你推得很好。那么像你深更半夜的，刚才跑到我家里，你怎样推托呢？

周　　萍　（迸发，激烈地）我所说的话不是推托，我也用不着跟你推托，我现在看你是四凤的哥哥，我才这样说。我爱四凤，她也爱我，我们都年轻，我们都是人，两个人天天在一起，结果免不了有点荒唐。然而我相信我以后会对得起她，我会娶她做我的太太，我没有一点亏心的地方。

鲁大海　这么，你反而很有理了。可是，董事长大少爷，谁相信你会爱上一个工人的妹妹，一个当老妈子的穷女儿？

　　只引这么一段，我想已经可以见出《雷雨》描写的深入、表现生活的坚实。这就是《雷雨》在表现生活的各个方面都能够超过相应内容方面已经有的戏剧作品的原因。于是，尽管彻底分析《雷雨》，我们可以发现它的基本故事（周萍、四凤在不知真相的情况下发生乱伦，因真相暴露而毁灭）和创作意图（表现宇宙的"残忍"和宇宙主宰力量的神秘）是幼稚的，但就写出来的内容而言，却是一部内容丰厚、在表现生活的各方面都很出色的作品。而由于它具有混沌性，各个方面都还没有写透，还会给人"说不尽的曹禺"的感觉。

《雷雨》就是一部这样的作品。

◎《雷雨》的成就和地位

　　长期以来，关于《雷雨》人们已经说过了太多的话。它的地位和成就当然是反复说过的问题了。人们对《雷雨》的成就和地位给以了极高的评价。但尽管如此，这个问题说得并不透彻，并不到位。

　　情况之所以如此，可以解说如下：

　　首先，一件事情不会因为说的人多，就被说得清楚一点。因为绝大多数人都是人云亦云的。结果通常是相反的，就是说的人太多事情反而更不清楚。因为一两个人这么说，人们就会想一想，这么说有道理吗？人人都这么说，人们就会相信这么说是对的，于是，思考这么说的道理何在、究竟说清楚了没有的人就少了。

　　其次，但更重要的是，过去评价《雷雨》时的参照系不够清晰。评价一个事物，必须有参照系。当你说一个人很高，很美的时候，你的心目中一定有一般的身高是多少，一般的漂亮是什么样的概念，这就是参照系了。所以，要评价一个事物，说"我觉得很棒"，"我很喜欢"是不行的。这样的说法可能是故意挑战（就是故意不承认）公认的标准，但通常情况是自己不知道标准，回避参照系问题的说法。人际交往中你可以这么说，是一种聪明的策略，但在做学术的评价时是不行的。对《雷雨》的评价，要有美学的标准，你是用什么美学为典范来衡量它的。还要有历史的标准，横向说，它是不是同时代最好的；纵向说，这是不是总体上，或者哪一方面前所未有的，后来有没有超过的。这些都要明确化，评价才是准确和牢靠的。仅仅凭感觉说，即便说对了，也不可能说到位。

　　《雷雨》的成就和地位可以这样说：《雷雨》在掌握西方戏剧技巧和美学上的成就、在人物塑造上的成就、在戏剧语言上的成就都是中国话剧中前所未有的，在这些方面，《雷雨》达到了可以和世界一流戏剧相媲美的程度，它大大提升了中国话剧的编剧水准。《雷雨》在这些方面的水准，后来者多有在某方面达到的，但并没有超过。所以，说《雷雨》可以作为中国话剧成熟的标志，是没有问题的。它应该享有经典的地位。

让我们做展开的解说。

一、《雷雨》在掌握西方戏剧技巧和美学上的成就

这一点，让我们从感性说起。看过《雷雨》的人都会被吸引和震慑，这部戏在剧场里有勾魂摄魄的力量，能够叫观众紧张得喘不过气来。这种力量、这种美感的实质是：《雷雨》在中国话剧创作中第一次把握、展示了西方戏剧之美。

《雷雨》的这种美，在中国传统戏剧里是没有的。中国传统戏剧历史悠久，作品众多。震撼性的有，催人泪下的有，某些场次叫人紧张的有，但整部戏叫人紧张得喘不过气来的绝对没有。这是因为中国传统戏剧有自己的美学，总结起来，简单说是两点：一曰情韵，一曰曲折。中国戏剧通常故事从头写起，讲究明白晓畅，不在悬念上下功夫。那么它的美呢？首先是情韵。中国戏剧也遵循着戏剧的集中性规律，会把事件、情感集中起来，但集中起来后，重在用出色的文辞作情绪的抒发。例如《窦娥冤》，窦娥多么的冤啊！表现方法是让窦娥在法场指天骂地，唱得个酣畅淋漓。例如《汉宫秋》，汉元帝无奈把王昭君送去和番，多么痛苦啊！表现方法是让他在全剧的后两折充分地唱出送别的哀痛和回到宫中的凄凉。作者绝不在窦娥的命运如何、昭君的命运如何上下功夫，绝不经营悬念，而是在写出情韵上下功夫。发展到极度的例子是清代的《长生殿》，杨贵妃死后，全剧用了二十出戏，整部戏的后一半来让唐明皇唱对于贵妃的思念，情韵悠长，真个是"此恨绵绵无绝期"。再说曲折。故事明白晓畅，不能成为平铺直叙，必须要曲曲折折才有味道。例如《西厢记》，张生把崔莺莺追到手经历了多少曲折啊！直到写了情书约张生前来幽会，张生跳墙进去，走到了崔莺莺面前，这位小姐还能反悔，忽然大叫："红娘快来！有贼呀！"红娘只好过来把张生训斥一顿，撵了回去。这就是著名的"赖简"一折。正因为有了情韵之美和曲折之美，中国的观众有的是美可供怡情，绝不会因为没有《雷雨》这种美而感到有什么欠缺，更不用说还有唱念做打的技艺美可以玩赏了。

中国传统戏剧的这种美学具有强大的影响。二十世纪二十年代,中国话剧创作已经有了出色的独幕剧。代表者是三个人:田汉、郭沫若、丁西林。但田汉和郭沫若的戏都追求写情韵,不在营构悬念、制造紧张上面下功夫。丁西林是学的英法风俗戏剧一路,但看他的《一只马蜂》,追求情韵的倾向也十分明显。进入三十年代,剧作家普遍进入写多幕剧的阶段,出现了田汉的《卡门》(据梅里美同名小说改编)、夏衍的《赛金花》和《秋瑾》等多幕剧。但这些著名的多幕剧都是从头写起、明白晓畅、追求情节曲折的传奇剧,就是说还是在中国传统戏剧美学的涵盖之下。只有到了曹禺的《雷雨》出来,才明显一变,才有了西方戏剧味道的戏剧美,让人眼前一亮,又惊又喜。

《雷雨》之体现西方戏剧技巧和美学,可以表述为几个关键词:"三一律"、"回溯式"、"佳构剧"、"命运悲剧"。这几样东西(概念和形式)都是西方才有中国没有的,而《雷雨》把它们集中体现出来。

"三一律"是戏剧中三个整一律的简称。动作整一律,只写一个行动。时间整一律,剧情时间不超过一天。地点整一律,地点不超出一个城市。这是文艺复兴时代意大利的卡斯忒尔维屈罗提出来的。从实践上说,古希腊戏剧已经是这个样子了,所以复兴古代戏剧才会提出这个概念,一旦被提出以后,它就成了法则,是西方戏剧的镇山之宝,戏剧美学的看家概念。三一律保证了戏剧情节的高度集中性。

与三一律相适应的是"锁闭式"(又称"回溯式")的戏剧结构。这就是一个故事从邻近结尾处开始写起,以前发生的事情不是不要了,而是回溯出来,推动现在的动作前进。这种结构思想在西方根基深厚,古希腊的两大史诗《伊利亚特》和《奥德赛》就都是从故事临近结尾处写起的。所以希腊戏剧中已经出现了《俄狄浦斯》这样典范的锁闭式结构的作品。由于故事只在临近结尾处写起,过去又有着丰富的"前史",因此戏剧动作是强烈的,情节和人物关系是纠结在一起的,剧情的内涵和气氛是浓重的。

1830 年以后,在欧洲的法国、英国兴起了"佳构剧"。代表人物是法国的斯克里布、萨尔塞、小仲马,英国的工尔德等人。佳构剧使用埋藏一个秘密、误会、巧合等方法,结构精巧、悬念强烈,是几十年中最流行、商业上最成功的戏剧形式。佳构剧并非反传统的一种戏剧,而是西方戏剧编剧经验的结晶,它使得西方戏剧在追求情节的整一的发展中第一次达到了编剧的技巧化。我们今日使用的开端、发展、高潮、结局的一套编剧技巧就是在佳构剧产生之后发展起来的。佳构剧多为喜剧，内涵通常并不深刻，这也是它依赖技巧，着力发展技巧的原因。而古代的戏剧简单有力，内容深刻，所以并不很依赖技巧。

1880 年之后，西方现实主义戏剧发展起来。代表人物是被称为"近代剧之父"的挪威剧作家易卜生。易卜生的戏剧创作早期写的是浪漫主义戏剧，剧情结构采用的是从头写起的开放式结构，当然也不守三一律。但进入创作的中期，易卜生却恢复使用锁闭式结构，遵守三一律，这是因为中期创作的是现实主义的社会问题剧，场景多是一个家庭的客厅戏。易卜生也使用发展起来不久的佳构剧的技巧。应该说，除了有深刻的思想和敏锐的批判性之外，三一律、锁闭式、佳构剧的叠加是易卜生的问题剧成功的艺术基础。但易卜生作品有深刻内涵，虽然使用佳构剧的方法来结构剧情，并重视悬念，却并不过于技巧化。例如《娜拉》中有巧合（林丹太太找到的工作位子是柯洛克斯泰被解雇空出来的，而这两个人恰是过去的恋人），《群鬼》中有巧合（过去的少爷和使女荒唐，他的儿子今天又勾引现在的使女），《社会支柱》中有人物身世的秘密，《人民公敌》中也有巧合（主张正义的斯多克芒医生和主张说假话掩盖海滩污染真相的市长之间是兄弟关系），但易卜生不过分依赖巧合，并且从不使用误会的手法。

五四时代，易卜生被介绍到中国，成为对中国影响最大最广泛的西方戏剧家。曹禺也不例外地深受易卜生的影响。给曹禺影响的西方戏剧家虽然很多，但可以说他的艺术血脉最直接地继承着易卜生。《雷雨》看起来就是现实主义的家庭剧、客厅戏的形态。而继承了易卜生也就是继承了三一律、锁闭式和佳构剧的叠加。《雷雨》与易卜生戏剧不同的是，它并不是一部社会问题剧，而是一部命运悲剧。命运悲剧本是古希腊的戏剧特色，《雷雨》是命运悲剧，就使得该剧具有了原始的力量感和命运不测的神秘感，同时还具有了主要人物大多悲惨死亡的悲剧的震撼力量。由于情绪浓重而思想混沌，《雷雨》又尽情使用佳构剧的误会、巧合、悬念的技巧。于是《雷雨》真正是三一律、锁闭式、佳构剧、命运悲剧的充分的叠加。这就是《雷雨》能集中地呈现出西方式的戏剧美的原因。它使中国观众第一次看到这样从头至尾成团结块的人物关系和戏剧纠葛，领略到如此强烈的冲突和戏剧悬念，那样神秘强烈的悲剧气氛，叫人从第一幕直至第四幕结尾始终喘不过气来。《雷雨》可以说是中国话剧掌握了西方戏剧技巧和美感的标志作品。

二、《雷雨》中的人物塑造

《雷雨》在塑造人物上有很高的成就,曹禺在中国话剧创作中第一次创造了具有现实品格的丰满复杂的人物,为中国话剧的人物塑造树立了典范。

在人物塑造上,如果古今比较的话,西方和中国都是现代强于古代。中西比较的话,那么应该这样说,从文艺复兴以后,西方的人物塑造强于中国。

这个强,是强在哪里呢?不容易简单地说清。因为人物塑造实在是一个内涵丰富的大问题。最简单地说,我认为是三点:1. 新鲜、独特(指写出了以前没有见过的文学人物);2. 人物性格的鲜明、强烈、有内涵;3. 人物性格的丰满复杂。

现代的文学理论讲人物塑造喜欢讲"扁平人物"和"圆形人物"。这种区分是很形象很好理解的。圆形人物就是丰满复杂的人物。扁平人物就是没有丰富复杂性的人物。还有更传统的说法,人物分为个性化人物(也就是圆形人物)、类型化人物(也就是扁平人物)和概念化人物。

这些讲法给人一个感觉:圆形人物好,扁平人物不好。个性化人物最好,类型化人物比较差,概念化人物就是败笔了。其实不应该这样简单理解。扁平人物也是好的,如果一个扁平人物,也就是类型化人物,它的性格是鲜明强烈的,有内涵的,而这个人物又是文学史上所没有的,是新鲜独特的形象,你怎么能说他不好? 例如"文革"结束后,有一部话剧叫做《丹心谱》,里面塑造了一个形象,是一个年龄较大、思想极左的女性机关干部,剧中只写了很少的台词,就是别人一说话,她就上纲上线扣帽子,她是那样的自信和霸道,不可理喻,跟她没话可讲,只有望风而逃,后来同事在她的办公桌上贴了个纸条:"凶猛动物,切勿靠近!"这个人物就是个类型化人物,但它是以前没有过的文学形象,它概括性极大,代表一个时代的文化,内涵清晰而丰富,形象鲜明而强烈,所用的笔墨还那么的少,所以一时众口叫好,给这个形象起名叫做"马列主义老太太"。这就是出色的文学成就呀! 所以不能说扁平人物就不好,其实在圆形人物出现之前,古代的人物塑造成就基本就都是以扁平人物为代表。我们今天所知道的,能够流传千古的文学人物,其实大多数是古代作品中创造的人物,基本都是扁平人物。扁平人物就是类型化人物，类型化人物就是典型，典型是有代表性的，是有极大的意义的。所以不要简单地贬低甚至否定扁平人物。扁平、圆形之说，只是圆形人物代表现代的人物塑造成就，我们更提倡圆形人物而已。从一部作品的创作来看，个性化、类型化、概念化三类人物是都需要的，主要人物最好是个性化的，次要人物就以类型化的为宜，过场性的、龙套式的人物就只能是概念化的了。因为一部作品的笔墨是有限的，应该深入描写主要人物，个个都是个性化的人物，就造成笔墨分散，节奏拖沓。所以《水浒传》写到解差，常常说"无非张千李万"，简直就懒得描写。张千、李万，其实不是名字，是代号，含有这种人成千上万的意思，因为反正写过一些解差了，无非就是这种人了，就是个解差，你知道就行了，所以就是这么一笔。这就是对概念化人物的写法，不能算败笔。

现在回到圆形人物代表现代人物塑造的成就上面来。这个问题从创作实践来说，不容易说清楚，因为创作是具体的，千变万化的。你说古代的作品中都是类型化人物，但难道就找不出个性化的人物来吗？例如我说孙悟空是个性化人物，谁能说我一定错了？但反映到理论意识上来，事情却很清楚，这就是情节第一，还是性格第一的著名文艺理论命题。现在的文艺理论都是说性格第一，人物第一。但两千多年前亚里士多德在《诗学》中说的却是"情节第一"。是不是亚里士多德错了？这么想可有点狂妄。亚里士多德是高度严谨的学者，或者说是人类严谨的典范，他是逻辑学的开创者，是人类知识必须分学科的首倡者。他没有不重视性格，他在悲剧的六个成分中把情节排在第一，性格排在第二。而且他说明了这样排的道理：没有情节，就不成为悲剧；但没有性格，仍然不失为悲剧。这个道理你没法驳倒的。那是不是现在的文艺理论错了？也不是。这里的不同就是人物性格的不同造成的。在古代，伦理是高于个人的，情节是表现伦理的，人淹没在事件中。例如古希腊的《俄瑞斯特亚》三部曲，第一部叫《阿伽门农》，情节是阿伽门农归来，他的妻子把他杀了，因为阿伽门农带希腊联军出征特洛亚的时候，杀了他们的女儿来献祭海神，现在她是为女儿报仇。第二部叫《俄瑞斯特亚》，情节是儿子俄瑞斯特亚长大了，杀了母亲，为父亲报了仇。这里的宗旨是探讨杀丈夫行不行，杀母亲为父亲报仇对不对。人物的性格不重要，反正干这个事的人必须干这个事情，必须是干这种事情的人就完了。中国也一样。《赵氏孤儿大报仇》的故事中，赵氏孤儿长大了，得知自己的身世，得知养父屠岸贾以前杀了赵家三百余口,于是就报仇了。有谁问过赵氏孤儿自己是什么性格么?好像没人提过这个问题。在这种情况下,当然是情节第一,亚里士多德没有错。到了文艺复兴,人的价值获得了至上的地位,人不是仅仅遵守过去的伦理而生活了,过去的伦理是可能颠覆的了,复杂的、有个性的人成了探讨的对象,这样的文学人物也出现了,过去是干什么事情需要什么人,现在是什么人干出什么事,是人物决定情节了。例如莎士比亚的《哈姆莱特》,哈姆莱特在从鬼魂那里知道叔父克劳狄斯是杀兄篡位之后,要报仇其实轻而易举,因为他在丹麦享有最高的威望,他的剑术全国第一,他就在宫中生活,宫廷卫队没有换过人,全是对他忠心耿耿的好朋友。所以这部戏到了最后,哈姆莱特决心动手杀克劳狄斯的时候,说一句"把宫门关上",宫门就被关上了,他上前一剑,就把克劳狄斯杀了。就这么简单!可为什么哈姆莱特不是一开始就这么干呢?为什么总在犹豫,直到最后报了仇也搭上了自己的性命呢?因为他的性格。再看莎士比亚四大悲剧的其他三部(《麦克白》、《李尔王》、《奥赛罗》),全都是人物若不是那种性格就不会干出那种事情。到了这个时候,文艺理论就变了,既然是人物性格决定了产生什么样的情节,理论就变成了性格第一了。所以从形成了的理论观念来看,创造丰富复杂的人物,即圆形人物,是现代人物塑造的成就,这是非常清楚的。

那么,怎样塑造丰富复杂的人物性格呢?理论和经验很多。我个人还是认为黑格尔说得最清楚,最深刻。他提出两个要点。第一是丰富尽管丰富,性格的主导倾向要鲜明。这一点好理解,这实际上是总结了从古以来的人物塑造经验。第二点是"每个人都是一个完整的世界"。这一点需要解释。我的理解是包含两层意思:1. 每个人都是独特的人,有其丰富性、复杂性,是一个独特的世界,和别人是不同的;2. 这个世界是完整的、有机的,它的丰富性、复杂性是有自己的概念、逻辑贯穿和组织起来的。

拿黑格尔的理论,我们可以比较容易看清《雷雨》之前中国文学和戏剧的人物塑造情况,比较容易看清《雷雨》的成就在哪里。

中国传统戏曲小说中的人物塑造,明显的是突出性格主导倾向的路子。这在创作实践中,在理论意识中都十分鲜明。《水浒传》是一个集中的代表,其中写一百零八个好汉,是个艰巨的任务,但用突出性格主导倾向的方法,再加每个人都起了绰号,就能够把这么多人鲜明地区别开来。而对《水浒传》的评点,指出一百八人,"人有其声口",也成为经典的人物塑造的评论。这种方法是被普遍应用的,是自觉的。实践方面,例如《三国演义》,甚至用到了过头的程度,所以有人评论说,刘备的忠厚到了感觉"伪"的程度,诸葛亮的聪明到了感觉"妖"的程度,而关羽的忠义,早在民间被奉为神了。在理论方面,评论家已经习惯于用一两个字来概括出一个人物的特色。如沈际飞评《牡丹亭》,就说"柳生呆绝,杜女妖绝,杜翁方绝,陈老迂绝,甄母愁绝,春香韵绝,……"(沈际飞《牡丹亭题词》)王思任评《牡丹亭》,就说"杜丽娘之妖也,柳梦梅之痴也,老夫人之软也,杜安抚之古执也,陈最良之雾也,春香之贼牢也……"(《批点玉茗堂〈牡丹亭〉叙》)显然认为把握住人物性格的主要特点就是到位的评论了。人物是突出特点的,是单向度描写的,这就使得中国古代作品中没有一个复杂性格的人物,也不会有一篇专门分析人物的评论。在被誉为中国古代小说最高峰的《红楼梦》中,这种局面也没有任何突破。贾宝玉就是一味的痴顽,林黛玉就是始终的小心眼,薛宝钗就是完全的会做人,王熙凤就是一个劲的要强,那么大篇幅的一部长篇小说,从头到尾都是如此。实际上,这种单向度塑造人物的方法是限制了《红楼梦》的成就的,不过搞红学的人永远在说《红楼梦》的好处,不肯承认这一点罢了。作为一般读者,有几个不会因为林黛玉从头到尾的小心眼而感到有点厌烦的呢?

在五四以来的新文学中,这种局面被突破了。巴金的小说、茅盾的小说中都出现了复杂性格的人物。但戏剧在曹禺之前没有复杂人物。郭沫若的戏剧,直到二十世纪四十年代的《屈原》还是单向度写人物的。屈原就是高洁,南后就是无耻,楚怀王就是昏庸,绝对单一,一点儿复杂性的影子都没有。田汉的戏剧,整个二十世纪二十年代都在写感伤的漂泊者,每个戏场景不同,人物不同,但人物身份总是青年知识分子或艺术家,总是在抒发着感伤情调。虽然表现五四之后中国青年热烈而悲凉的心境非常准确,戏也能引起强烈共鸣,但从人物塑造上说是单一的,根本没有进入塑造复杂人物的领域。夏衍在二十世纪三十年代初写了《赛金花》、《秋瑾》,但写人物都是在人物行事超卓上下功夫,不懂得写复杂人物,所以赛金花就是一个字——奇,秋瑾也就是一个字——侠。

在这样的背景之下,《雷雨》人物塑造的成就和地位就很清楚了。《雷雨》有八个人物,大体都是复杂人物,都可以算"圆形人物",进入了每个人都是一个"完整的世界"的境界。这一点是开创性的。对于观众和读者来说,他们第一次可以欣赏这样的戏剧人物:由于复杂性、具体性而给人一种现实感,好像现实中真有的人物那样可感觉可触摸。对于评论家来说,他们第一次面对着这样一部戏剧,其中的人物是什么面貌需要花点力气分析和解说。对于演员来说,他们在演中国戏的经历中第一次面对着这样的情况:不是要费心思给自己的角色增添东西来具体化,而是觉得角色的内涵丰富,自己不能完全演出来。

针对《雷雨》的人物已经有了很多的分析。首先是曹禺在剧本中的说明(长篇的舞台指示文字)和《〈雷雨〉序》中的人物分析,其次是钱谷融先生写的《〈雷雨〉人物谈》,更有其他许多评论文字。我在此只想略说一点。同学们自己可以去分析。

在《雷雨》的八个人物中,最引人瞩目的是蘩漪。这是因为这个人物最特异,最突出,最强烈。她是一个带有原始野性的旧式女子,这种人在生活中是存在的。她在追求情爱的路上达到了病态的程度。所谓"最雷雨"的人物,她的"最可爱处就是她的最不可爱处",都是准确的说法,已经成为定论。蘩漪是文学人物画廊中一个新的创造,这是毫无疑问的。

但我个人不喜欢蘩漪。不喜欢不是指她的性格和行为,而是作为文学人物不喜欢。这是因为我觉得曹禺在写这个人物的时候,有出于编剧的需要把她作为悲剧的发动力量尽情使用,所以只顾往强烈里写的倾向。结果是这个人物还有着很多描写上的空白和性格逻辑上的矛盾。例如她堕入与周萍乱伦的境地,其思想和情感过程就缺少描写,处于空白状态。她既然爱周萍,怎么从不为周萍的情感和前途考虑?她为什么连一个亲人、朋友也没有?娘家人都死绝了吗?她既然能够轰轰烈烈烧一场,不怕毁了自己,为什么绝不想到离婚?要知道周朴园家虽然封建,但还是留学生家庭,而天津是二十世纪三十年代初溥仪的皇妃文绣都办成了离婚的地方。她最后提出让周萍带她走,哪怕事后把四凤接来都行,这是可行的吗?难怪人们要提出蘩漪到底疯了没有的问题。其实这些都是这个人物塑造上的空白和矛盾。于是一味地写她烧得像电一样的情热,就有点做作。蘩漪这个人物虽然因为新鲜、特异而最引人瞩目,其实不能算《雷雨》中塑造人物的最好成绩。

周朴园和周冲我认为是最见出曹禺塑造人物的功夫的两个人物。因为他们都不知道周萍、蘩漪、四凤之间纠葛的存在（周冲到第四幕结尾时才知道，周朴园到最后也不知道），他们是处在剧情冲突主线之外的人物，自己又没有贯穿的动作，只是需要他们的时候上一下场。这样的人物却写得如此丰满和具有复杂性，可见曹禺对每一个人物都赋予了血肉，把握他们的自己的世界。

周朴园之所以能写出丰富复杂性，在于他的每一次出场都展现着他这个人的不同方面。在第一幕中，曹禺写他利用十分钟一一处理家中每个人的情况，对每个人都有规矩，最后又对周萍说"我的家庭是我认为最圆满，最有秩序的家庭"，都清楚地表现出曹禺在这一幕要描写的是周朴园的封建家长身份这一方面。周朴园在第二幕中的出场，和鲁妈的一场显示了他处理私人情感的一面，和鲁大海见面的一场显示了他作为一个资本家的老辣干练。第四幕中他有两次出场，一开始在场上，写他的寂寞和忐忑心态，表现他已经是一个心态疲惫的老者，后来下楼，认鲁妈，叫周萍认母，表现出他还是尊重伦理、良心的一面。其实周朴园还有一次上场，就是在序幕和尾声中（四幕戏是作为插在序幕、尾声之间倒叙的，序幕和尾声本是连贯的一段戏）。在这里，十年后的周朴园例行地来看望疯了的蘩漪和鲁妈，并且说自己十年来一直在寻找鲁大海，这是个不放弃责任的丈夫和梦想找回儿子的父亲的形象。以往的分析着重于揭露周朴园的阶级本质，其实注意到上述的全部方面，才是剧本中写出的周朴园。对于认识周朴园，要补充的分析是需要看到他的基本形象、基本思想逻辑和基本的心态。曹禺尽管写了周朴园的许多峻厉、冷酷，并说周家有许多罪恶，但对周朴园还是当做一个社会精英人物来写的。他留过学，海归后办实业很成功，处事能力强，治家有规矩，对自己也是自律的，并不肆意享乐、偷鸡摸狗。所以周萍、周冲虽然觉得父亲严厉，但对父亲还是尊敬佩服的。反映在鲁大海眼里，则是"你父亲虽坏，看着还顺眼"。这是周朴园的基本形象。周朴园在德国读过不少社会学著作，周冲讲的"劳工神圣"、人与人要讲平等的思想他何尝不懂，但人生和社会经历让他明白人和人其实是生存竞争的关系，谁强谁就狠，不能凭善心生活的。但矿业虽然利润高，却是个事故多发、经常死人的行业，周朴园也明白这中间的罪孽，所以又吃素、念佛，求得一点心安。现在老了，他又深感人生的凶险，希望平平安安，不要出什么事了——这就是曹禺所写的周朴园的基本思想逻辑。周朴园在剧中的基本心态是向往过新的生活。新房子就是新生活的象征，他要卖掉旧房子，离开这个曾经

"闹鬼"的地方。在序幕和尾声中，这一点已经实现，旧房子已经卖给教堂做医院了。但人已经死的死，疯的疯，他的梦想破灭，新房子已经没有意义了。周朴园还有梦想，就是疯的人能够好起来，还有一个儿子能够找回来。只是这个梦非常渺茫。

对周冲的分析也有可以补充的地方。这就是周冲并非那么幼稚，只是在剧中作为"一抹亮色"、"一个春梦"存在，周冲是有实践行动的，是在思考和成长的。他爱四凤，就向她求婚，并且开始实施帮助四凤读书的计划。对于罢工，家里只有他向周朴园指出"我们同他们抢饭吃是不对的"，指责矿上对打伤的工人不给抚恤金的行为。四凤和鲁贵被解雇，只有他去同父亲争辩，企图改变他的决定。四凤走了，周冲讨了送钱的差事，访问了四凤的生活环境。为了同工人沟通，他在自己家门房和四凤家里两次和鲁大海谈话，想同他交朋友。周冲一直在行动，并不是仅仅谈论美好的理想。这就是他的可爱之处。到了第四幕，他对现实已经变得悲观，许多事情改变了他的想法。但去拉自杀的四凤，他没有任何考虑和犹豫。周冲真是个令人动容的人物！

《雷雨》的人物塑造使中国话剧创作的人物塑造进入了新的境界，达到了话剧在这方面能够和中国现代小说的成就并驾齐驱的程度。这个成就产生了积极的影响。例如夏衍就从曹禺这里得到启发和感悟，写出了《上海屋檐下》这样的写实作品，从此告别了过去传奇故事的写作路子，一直写作现实主义的话剧作品。《雷雨》对于中国话剧人物塑造水准的推动是巨大的。

三、《雷雨》树立了话剧语言的典范

在西方戏剧中，写台词是一项大功夫。但中国的话剧，虽然来自西方戏剧，二十世纪二十年代有了优秀的独幕剧，三十年代进入了多幕剧的创作，但人们并没有普遍地懂得话剧语言应该怎样写。是曹禺的《雷雨》为中国话剧推出了语言的典范。

为什么中国话剧好长时间并不普遍地懂得戏剧语言怎么写呢？有两个原因。

原因之一，是中国古典戏剧的影响。中国古典戏剧是诗化的戏剧，文辞是诗化的，每一段情节重视情韵，也是诗化的。但这一切基本都依赖于曲词，说白是不能承担多少责任的。所以中国古典戏剧从来都重视曲词的创作，不重视说白的写作。即便在明清传奇中，说白要比元杂剧中受重视，但说白仍然是"宾白"，曲为主，白为宾，这个概念是没有变的。所以写剧本又称"作曲"、"填词"，说白是不能挑大梁的。到了写话剧，不唱了，曲词没有了，只有说白挑大梁了。于是深受中国古典戏剧影响的现代剧作家就自然地在话剧台词的优美、富于情韵上下功夫。说得直白一点，就是一段故事，原来古典戏剧用说白的地方当然还是说白，原来该写曲词的地方就要写一段富有诗意的说白，来顶替原来曲词的作用。这种本事，没有很好文学功底的人还真做不到。而按照这个思路创作的人，就想不出话剧语言除此路子之外还能够有什么语言的美，自然也就不容易领会西方戏剧写台词是另一种在冲突中写富于动作性的台词的路子。田汉、郭沫若的话剧语言就是这样的，所以他们的话剧语言带有明显的叙述性，常常出现大段的抒情性台词。这只要看郭沫若二十世纪四十年代写的《屈原》，就能够明白这种语言尽量诗化的路子。田汉 1958 年的话剧《关汉卿》也是这样写的，以至于许多戏曲剧种要移植《关汉卿》，只需要把一段段抒情性的台词改成唱词，其他什么都不动，剧本就可以当做戏曲剧本演出了。这种路子的影响之大，使得相当多的一流剧作家都循着这种路子写作，例如欧阳予倩、夏衍、吴祖光等，像曹禺这样完全是西方台词路子的反而比较少。这种路子影响之大，使得它不会被作为违反话剧语言本性的倾向遭到非议，也不是被当做话剧语言的一种风格来肯定，而是被看做话剧真正具有文学性的表现。洪深 1927 年在《中国新文学大系·戏剧卷》的序言中写道："自从有了田汉、郭沫若这样的既可以演出，又可以阅读的剧本，中国的话剧文学才算立定了根基。"田汉、郭沫若是代表二十世纪二十年代话剧创作成就的作家，所以，这个话是对的。但这里也表现出洪深的话剧语言美学倾向。洪深是美国哈佛大学贝克教授的弟子，写过很多剧本，他是懂得西方戏剧台词的写法的，但他没有认为自己所掌握的台词美学比田、郭要地道、正宗，反而把田、郭当做了话剧文学性的典范。就是曹禺自己，1979 年写的话剧《王昭君》也明显地向田、郭的话剧语言路子回归。这种中国传统戏剧巨大影响的存在，是妨碍中国人领会西方台词写作艺术的最大原因。

说明了上面的第一个原因，自然也就好理解第二个原因。这就是中国的话剧界并没有觉得语言是一个创作上的难题，所以并没有发生过专注于戏剧语言怎么写的大讨论。在曹禺的《雷雨》出现之前，中国话剧不是没有地道的话剧台词，因为那时候中国去西方专攻戏剧学成归来的人不少，他们是会写话剧台词的，但他们的作品的影响没有《雷雨》这么大，所以其语言的成就，怎样和田汉、郭沫若不同而更加地道，也不能够引起人们的高度瞩目。《雷雨》的语言成就更高，但可以成为典范也不是在 1934 年《雷雨》上演引起轰动的时候就被人们认识的，而是此后逐渐被认识，在比较中发现他的优秀的。

《雷雨》的语言为什么堪作典范？因为它最集中鲜明地体现了西方戏剧写作台词的美学要求。

西方戏剧语言和中国传统戏剧语言的文体和美学的根基是不同的。中国传统戏剧的基本概念是给你说一个故事，因此文体根本上具有叙述性。中国戏曲文体的代表是唱词，唱词通常都是对于人物的行动、心情的描述，如"我正在城楼观山景……"（《空城计》诸葛亮的唱词）、"穿林海，跨雪原，气冲霄汉……"（现代戏《智取威虎山》杨子荣的唱词）。中国戏曲就在这种描述性的文辞中达到高度的文学性。西方戏剧的基本概念则是把一个行动在台上当场展现，如亚里士多德《诗学》所说，"悲剧是对于一个……行动的摹仿"。所以它的台词只是行动中所说的话，其本质不是叙述性的，而是行动性的，台词不是作为描述，而是作为言语行动（要求、拒绝、质问、反驳、揭露、掩饰、威胁、抵抗、攻击、抚慰……）而存在的。西方戏剧台词就要在这种行动性的话中达到诗的高度。

从古希腊往下，西方戏剧两千多年的台词就是用诗句来写作的。这是散文诗，它是行动性的话语和文采、韵律的结合，同时注意机趣性。机趣性就是有机锋和趣味，让戏剧语言机智、警醒和有趣。从大约 1880 年开始的现实主义戏剧文学中，戏剧语言发生了明显的变化，就是废除了诗体，采用散文来写台词。理由是生活中谁会用诗体来说话呢。但废除诗体不是就取消戏剧语言的诗性，所以戏剧语言还要情感浓烈，表达形象化，语音铿锵，琅琅上口，保持高于生活语言水准的诗化性质。由于不再讲求文采，戏剧语言完全口语化了，这就为语言的个性化提供了充分施展的天地。同时戏剧语言中还取消了独白、旁白等形式，这意味着戏剧语言中不能对观众表白自己和直抒胸臆，只能像生活中人际交往那样说话，而生活中人们说话不是直白的，是话中有话的，这就使得富于潜台词的戏剧语言发展起来。于是，西方近代剧以来的戏剧台词，必须是动作性的，又是诗化的，是口头化的语言，又是个性化的语言,还要具有机趣性,还要富含潜台词。这样的语言,其实比单纯地写一段富有诗意的抒情性台词还要困难。因为拿这些标准来看众多剧本的语言,你就会发现大多数都是顾了动作性就顾不到诗化,讲究了诗化就顾不到口语化和个性化,追求了口语化和个性化又丢了诗化,再加还要机趣性,潜台词丰富,全做到的真是不多。那么曹禺是不是做到了呢? 让我们引一段《雷雨》中的台词吧。

> 周蘩漪　萍,我盼望你还是从前那样诚恳的人。顶好不要学着现在一般青年人玩世不恭的态度。你知道我没有你在我面前,这样,我已经很苦了。
>
> 周　萍　所以我就要走了。不要叫我们见着,互相提醒我们最后悔的事情。
>
> 周蘩漪　我不后悔,我向来做事没有后悔过。
>
> 周　萍　(不得已地)我想,我很明白地对你表示过。这些日子我没有见你,我想你很明白。
>
> 周蘩漪　很明白。
>
> 周　萍　那么,我是个最糊涂,最不明白的人。我后悔,我认为我生平做错一件大事。我对不起自己,对不起弟弟,更对不起父亲。
>
> 周蘩漪　(低沉地)但是你最对不起的人有一个,你反而轻轻地忘了。
>
> 周　萍　我最对不起的人,自然也有,但是我不必同你说。
>
> 周蘩漪　(冷笑)那不是她! 你最对不起的是我,是你曾经引诱过的后母!
>
> ....
>
> 周　萍　年青人一时糊涂,做错了的事,你就不肯原谅么? (苦恼地皱着眉)
>
> 周蘩漪　这不是原谅不原谅的问题,我已经预备好棺材,安安静静地等死,一个人偏把我救活了又不理我,撇得我枯死,慢慢地渴死。让你说,我该怎么办?
>
> 周　萍　那,那我也不知道,你来说吧!
>
> 周蘩漪　(一字一字地)我希望你不要走。

周　萍　怎么,你要我陪着你,在这样的家庭,每天想着过去的罪恶,这样活活地闷死么?

周繁漪　你既然知道这个家庭可以闷死人,你怎么肯一个人走,把我放在家里?

周　萍　你没有权利说这种话,你是冲弟弟的母亲。

周繁漪　我不是!我不是!自从我把我的性命,名誉,交给你,我什么都不顾了。我不是他的母亲,不是,不是,我也不是周朴园的妻子。

周　萍　(冷冷地)如果你以为你不是父亲的妻子,我自己还承认我是我父亲的儿子。

我认为这里的语言已经能够具有前面说到的各种要求的特性了。而一旦做到了这个程度,我们的面前就出现了一种语言美。这种美和那种讲究文采、带有书卷气的文学化台词的美是不一样的,它看起来平平常常,是自然的语言,但和日常生活语言又绝不相同,内涵和气质都高得多,清晰有力,警醒机智,意味丰富,好像舞台上说的就该是这样的语言!

曹禺这种写法不是只能写出一段,而是总能自如运用。这是西方台词的功夫。这个功夫不是曹禺发明的,是他刻苦学习来的。这个台词成就,给中国话剧树立了典范。

对西方戏剧技巧和美学的掌握、坚实的人物塑造、出色的舞台语言——这三点就是《雷雨》具有代表性,可以成为经典的原因。

四、破除对曹禺成就的神秘感

《雷雨》取得这样高的成就,大多数人对此都有一种神秘感,所以戏剧界流传一个习惯说法:曹禺二十四岁能写出《雷雨》,真是一个奇迹!甚至有些老师在课堂上也是这么说。我认为这是不对的。

曹禺的成就当然和曹禺的才华有关,但最重要的是读得多看得多,浸淫其中。据说曹禺写《雷雨》的时候,已经读过了四百多个西方剧本。这个话没法验证,但我是愿意相信的。二十世纪三十年代初，翻译过来的外国剧本不过一百多个，但曹禺读的是清华大学的外文系，以外文的底子还可以读英文的西方剧本。这就可能读到四百多个了。当然，这是说可能，我又凭什么相信呢？凭过去的学风。

曹禺在清华大学的时候是校内著名的三才子之一。三才子人称"龙虎狗"。"龙"指钱锺书，"虎"就是曹禺。钱锺书在清华就放言说清华图书馆的藏书他已经读遍了，已经无书可读了。这个话在今天的同学看来不会相信，一定认为不可能，是编出来的神话，或者是钱锺书吹牛。但这不过是现在的学风太坏，所以对真正的苦读觉得不可想象罢了。现在普遍的情况是，研究生入学的复试中若是发现哪个学生读过几个经典剧作家，能够熟悉几个经典剧本，我们就觉得很不错了。戏剧专业的研究生读到毕业，似乎罕有什么人读过了三百个剧本以上的。甚至有的人的硕士论文、博士论文研究某个剧作家，但连这个剧作家的作品也没有基本读全过。绝大多数人只是急功近利地考进来，发文章、做论文、毕业、找工作，并不真正研究学问。这样的学风状态怎么能想象钱锺书呢？钱锺书博闻强记的能力是超越常人的，他把清华的藏书都读过完全可能。从学术规律来说，其实钱锺书也不必细细读过了清华图书馆所藏的每一本书。真正研究学问的人就会懂得，说起来书籍浩如烟海，其实真正的学问就是那么一些。一个大家著作等身，其实他的思想绝对超不出一本书的篇幅。中国有文字的历史几千年，留下来的文化思想也是几十本书就可以容纳的。当你是真正苦读，研究学问，积累到一定数量，学问通了的时候，在你涉猎的范围内，随便拿到一本书就可以判断它的价值，是理论框架有新意，是某一点有新意，还是不过抄袭成说，一眼就看得清楚，这么一翻就算读过了，何需再一页页去读？所以钱锺书说清华的书已经"读遍了"，"无书可读了"，完全不是神话。既然好的学风是这样的，既然钱锺书可以这样，说曹禺读过了四百个剧本，我是愿意相信的。

有一年参加南京军区前线话剧团的学术研讨会，发现该团不仅话剧创作成就是全军第一，而且有着很高的追求。该团的创作人员有一个口号："先超越自己，再超越曹禺"。我说不如把口号改成"先超越曹禺，再超越自己"。我的说法听起来荒谬，其中道理解说出来却比前一个口号更合理，更可行。前一个口号很好，但怎样超越自己呢？超越了自己就接着能超越曹禺吗？那只是雄心壮志而已。但我的意思，超越曹禺指的是超过他的学习功夫，他读过了四百个剧本，我可以读五百个、六百个

（读七八百个以上我认为没有必要，世界一流的戏剧没有那么多）。只要做到这个，你就自然会超越自己现在的创作水平，这是毫无疑问的。如果不去下这个功夫，超越曹禺绝不可能，能否超越自己也不一定。

一流的现代剧作家中，大多数都是出国留学的，曹禺在写《雷雨》之前没有出过国，直到1948年才第一次出国。一流剧作家中，至少田汉、郭沫若两个人才华比曹禺要高。田、郭都是天才，都是学问广博、才思敏捷、倚马千言的人，曹禺并不是天才人物，没有那么广博的学问，写剧本也总是惨淡经营，最快也得一两年写一个。郭、田两个人甚至以中国的歌德、席勒自许，从年轻开始直到晚年都是这样自命的，曹禺还没有这样的胆气，有人说他是中国的莎士比亚，曹禺是根本不敢接这个名头的。田、郭都是在二十世纪二十年代初就已经成名了，比曹禺早了十年以上。但为什么这两个人的剧本没有曹禺写得好呢？因为这两个人是诗歌、散文、小说、评论、翻译、哲学研究、历史研究什么都干的，还要办刊物、办报纸，搞文学运动，田汉还搞戏剧运动、电影运动、音乐活动等，但曹禺却是集中精力写剧本的；因为这两个人对西方戏剧没有下过那么大的功夫，现代剧作家中，唯独曹禺才是最认真学习西方戏剧的人。

怎样学习西方戏剧呢？就是多读多看，浸淫其中。古罗马的贺拉斯在他著名的《论诗艺》中，就是告诉人们这个方法去学习戏剧的。中国人则说"熟读唐诗三百首，不会作诗也会吟"。从这个道理来看，不应该觉得曹禺的成就是神秘的。假如你读过了四百个外国剧本，西方戏剧的戏剧性、冲突的紧张性、人物塑造的厚实、戏剧语言的风貌，你都会因浸淫而得其奥妙，自然地在这个境界上创作。就像打乒乓球的是到了中国练出来的，自然明白乒乓球原来是这样打法。就像打篮球的是从美国NBA中泡出来的，自然明白篮球是这样打法。写剧本方面，曹禺是我们学习的典范。学曹禺，就是要从他怎么学习和继承前人学起。

五、《雷雨》与世界一流剧作有差距吗？

《雷雨》肯定是经典，肯定是中国的一流剧作。但是不是伟大的剧作？是不是世界一流的剧作？这个问题在曹禺研究中通常是回避的，至少很少正面回答。但这个问题很重要，我不想回避。要说明这个问题，关键在于：世界一流的标准是什么？说清了这个，问题就解决了。而说清这一点其实比评价《雷雨》的意义更大。

世界一流的作品，通常具有完善的形式和技巧，有的还开创了新的形式和美学，但这些并不是最主要的。最主要的是作品的内容必须是对于人性或者对于社会和时代作出了深刻而独到的揭示。

说明这样一个标准，可以以世界公认最伟大的作家莎士比亚为范例。莎士比亚有三十七部剧作，这些剧作的形式全都是用那个时代英国通行的形式写成的，换句话说，莎士比亚在戏剧形式上没有任何创造性的贡献，但这不妨碍他成为世界一流作家。莎士比亚剧作的技巧也不是都很完善。这可以举他的悲剧《奥赛罗》为例。该剧写的是威尼斯军队的统帅奥赛罗误认妻子与人私通，将妻子杀死的故事。戏的开头是威尼斯贵族的女儿苔丝德蒙娜深夜随奥赛罗私奔，却被人追赶捉住，恰好元老院要奥赛罗去商议军情，于是两个人来到元老院，当众宣讲了他们的爱情，元老们只好认可，奥赛罗便带着苔丝德蒙娜同赴塞浦路斯岛军营。这个开头部分迅速而戏剧性强烈地交待了社会背景和人物关系，技巧上可算出色。往下是戏剧的主要部分：在岛上，对奥赛罗的地位心怀嫉妒的将领伊阿古故意在奥赛罗耳边吹风，造谣说苔丝德蒙娜与英俊的副将有私通关系，并偷来苔丝德蒙娜的手绢，放到副将的房间，让奥赛罗发现。于是，奥赛罗相信了私通的存在，亲手扼死了妻子，随即又痛苦地自刎了。由于全部情节就是一个小人存心造谣陷害，并偷了一条手绢，让奥赛罗上了当，这个戏明显地给人过于简单幼稚的感觉。当时甚至有一种流行的评论：这个戏的意思就是提醒太太们千万要保存好自己的手绢。那么这样一个戏为什么能够列于世界一流剧作中呢？原因在于该剧写的并不是丈夫的疑心和嫉妒。如果写的是丈夫的疑心和嫉妒，这个戏就是三流以下的通俗剧了。这里的关键在于奥赛罗是一个白人社会中的黑人，他凭着自己的才华、勇气、品德和功绩赢得了社会地位，也因此赢得了苔丝德蒙娜的爱情。苔丝德蒙娜的意义不仅是一个女人的爱情，更是对奥赛罗的价值的肯定，所以这是奥赛罗得以维持自傲、自尊的精神支柱。当手绢的"证据"摆在面前时，奥赛罗以为妻子其实还是鄙视自己这个黑人，他其实是脆弱的心理崩溃了。他杀死妻子表面上看是狂怒，是泄愤，实质是为了维护自己的尊严。他的自杀也不是因为发现了真相，明白私通并不存在，所以要惩罚自己，而是他本性善良，意识到杀死妻子是残忍的行为，感到自己的人生没有了价值。这样，我们也就能够看清，伊阿古为了发泄自己的嫉妒，是选择了奥赛罗最薄弱、最致命的心理部位下手的，他是一个最卑鄙恶毒的小人。这样，莎士比亚就对于人性作出了深刻、独到的揭示，在一个戏中创造了两个前所未有的、在世界文学的人物画廊中长期保存的人物。《奥赛罗》于是可以算做世界一流的剧作，人们为这个戏而感动，情节的简单幼稚却不被人们指责了。

拿对于人性(或者时代和社会)有独到而深刻的揭示作为标准，我们就能够明白，为什么五四以来的中国现代文学作品中，只有鲁迅的《阿Q正传》能够被毫不犹豫地推举为世界一流的作品。曹禺的《雷雨》显然是达不到这一高度的，因为它的主要内容是四凤和周萍犯了乱伦的错误而死亡。不可乱伦并不是什么独到的深刻的思想内容。

乱伦本身不新鲜独特，但并不意味着以乱伦为题材就写不出新东西，关键看你如何写法，在这乱伦过程中有没有对于人性的独到揭示、深刻开掘。

世界一流作品中多有写乱伦题材的戏剧可供写法上的借鉴。在古希腊戏剧诗人索福克勒斯的《俄狄浦斯》中，俄狄浦斯由于命运的拨弄，在不自觉中犯下了杀父娶母的逆伦大罪。这里是违背了血缘伦理，最终得到悲惨的结果，和《雷雨》最相似。但俄狄浦斯是问过阿波罗，知道自己将来要杀父娶母的命运的，于是，他曾经出走，努力逃避命运，事后又坚持追查真相，不因伊俄卡斯忒的劝阻而停止追查，真相暴露后，又自我惩罚，交出王位，刺瞎双眼，自我流放，承担起罪责，这就让一个伟大的人格挺立起来。这些内容是《雷雨》没有的。

在法国剧作家拉辛的《费德尔》中，费德尔爱上了继子希波吕忒斯，这和《雷雨》中繁漪与周萍违背家庭伦理的关系相似。但《费德尔》深刻地描写了女主人公事前事后的心理表现：在向继子表白爱情之前，她思想斗争激烈，表白后继子逃避离家，她又羞恼又惊慌，女仆为了保护女主人，对她丈夫说希波吕斯勾引继母，在丈夫的诅咒使继子丧命之后，费德尔又因自责而精神崩溃。这些也是《雷雨》中没有的。

广义地说，乱伦也可以涉及社会伦理的作乱问题。莎士比亚的《麦克白》就是处理这种课题的。麦克白出于野心杀死了邓肯。邓肯是君主，臣不应弒君；邓肯是个仁慈的人，对麦克白既有厚恩又很信任，麦克白不应该恩将仇报；邓肯又正在麦克白家做客，主人应该保护客人。所以，麦克白同时在礼法关系、为人道德和主人责任三方面违背了社会伦理。于是，麦克白事前下不了手，事后，鼓动他杀人的麦克白夫人得了精神强迫症，麦克白精神恍惚、恐惧疑惑，不得不用更多的杀戮来维持地位，终致精神崩溃和灭亡。这种性质的描写在《雷雨》中也是没有的。

几部经典作品告诉我们，要写伦理学主题，就应该让当事人充分面对违背伦理的课题，描写他们的思想和态度，写出违背伦理对他们的心理影响和社会影响。而《雷雨》的写法，是把全部精力都用在组织乱伦的暴露上，乱伦的事，当事人自己根本不知道，暴露的时候，又是父母和众人在场当众确定的，当事人只有死路一条，如何面对的问题已经失去了价值。

从上述道理来衡量，《雷雨》虽然是杰出的经典作品，但离世界一流作品还是有差距的。

◎ 应该怎样上演全本《牡丹亭》

二十世纪九十年代以来,由于发扬传统文化,由于昆曲成为世界非物质文化遗产①的推动以及商业需要,出现了《牡丹亭》的全本演出热。重要的如江苏省昆剧院的精华版《牡丹亭》,上海昆剧团的全本《牡丹亭》,白先勇策划和改编、苏州昆剧院演出的青春版《牡丹亭》,浙江省的越剧《牡丹亭》等。与国内的演出并行,纽约的戏剧人也自行策划演出了全本《牡丹亭》。随之还有南京军区推出的舞剧《牡丹亭》。最近在中国又上演了日本歌舞伎著名演员坂东玉三郎主演的八出本《牡丹亭》。

所谓全本演出,粗略地说,是区别于折子戏的演出,只要是演出全剧完整故事的,就可称为全本演出,这样的演出早已有之。据赵天为著《〈牡丹亭〉改本研究》②一书的统计,1949 年以来,国内的昆剧和其他地方剧种带有完整故事性质的《牡丹亭》演出本有三十二种。但观察一下就可以发现,1990 年以前的全本演出大多数不过是串联了七八出折子戏,仅仅能反映故事梗概而已,所以也不标榜什么"全本"。而1990 年代以来的全本演出,则带有足本演出的追求,企图"原原本本"地展现汤显祖原作的全貌。如上海昆剧团的全本《牡丹亭》就包括了全部五十五出,需要演出三个下午三个晚上。美国纽约的一个版本,也是演了全部五十五出,这就和过去有明显区别。同时,这一演出热又有集中(1990 年代以来的演出占了三十二种的一半)和超出了国界③的特点,所以是一个值得关注的《牡丹亭》全本演出热。笔者于感到局面

---

① 2001 年 3 月 18 日,联合国科教文组织于巴黎宣布中国昆曲艺术为人类口头和非物质文化遗产代表作。

② 赵天为《〈牡丹亭〉改本研究》,吉林人民出版社 2007 年版。

③ 近年来海外的《牡丹亭》演出有谭盾作曲、彼得·塞勒斯(Peter Sellars)导演的现代实验歌剧《牡丹亭》,美籍华人陈士争导演的五十五出全本《牡丹亭》,美国的中国戏剧工作坊的玩偶剧场《牡丹亭》,大型现代歌剧《牡丹亭外传》以及日本坂东玉三郎演出的《牡丹亭》等。

可喜之外，又陷入了沉思。因为我强烈地感到：尽管对于这股演出热已经有人发表了大量文章，但是，在当代应该怎样演出全本《牡丹亭》的问题，仍需要郑重提出来讨论。

应该怎样上演全本《牡丹亭》——这个问题的含义是什么呢？

首先，这里有一个演出的指导方针问题。一部古代的经典作品在后世上演，指导方针可以有保守和开放两路。前者最极端的如日本的能乐、歌舞伎那样，永远保持古代演出的样子，不容丝毫改变，所谓博物馆式的保存法；后者如莎士比亚戏剧的演出史，演法不拘一格，常演常新。《牡丹亭》的全本演出各家是怎样考虑演出方针的呢？让我们来考察一下。

在各家演出的创作者中，白先勇先生是最有名气的文学家了，而他也是昆曲的痴迷者和内行。他对演出方针必有思考，也特别值得重视。青春版《牡丹亭》在南京大学演出后，我们为他举行了座谈会，会上，他是这样介绍自己对青春版《牡丹亭》的策划和剧本改编的：

> 我们保留《牡丹亭》原来在舞台上演出的全部折子戏，再加上新的单出，构成全剧。旧的折子戏是传字辈老艺人捏的①，新的单出是我请张继青老师捏的。所以我们演的是真正的昆曲。在剧本改编上，我们的原则是只减不添。全剧五十五出，我们精简掉了一些出，许多出里面又减少了几支曲子。就这样还要三个晚上演完。我们要把这个完整的原汁原味的《牡丹亭》推到全世界去演出。（据笔者当时的记录）

白先生的考虑，应该说是代表了各家的普遍状况的，可以归结为两点。

第一，演出方针坚持保守一路，就是说，全本《牡丹亭》的演出都是从保存遗产、继承传统出发的，所以都是尊重原作的态度，强调的是让观众看到完整的、原汁原味的《牡丹亭》，没有一家是要解构原著、翻出新意的。

第二，从实际出发。这个"实际"包括三点：1. 长期以来，并没有《牡丹亭》全本演

---

① 笔者按："捏"大约可以理解为把各种表演手段整合运用起来，也就是排演。

出存在,因此,也没有一个不容改变的演出范本。2. 尽管《牡丹亭》的演出只有一些折子戏存在,但昆曲的唱腔、唱法是从未失传的,是一代一代正宗传下来的,昆剧的表演规范和演出的美学风貌也是从未失传,一代一代正宗传下来的,所以排演全剧可以做到"演的是真正的昆曲"。3. 原剧本五十五出太长,应该考虑到当今的观赏,所以要缩减篇幅。

在这里没有提到正确传达剧本原意,因为这一点似乎根本不成问题。至于表现的形式,根本没有提出来探讨,原因也明白:难道除了传统的演法还能有别的演法吗?

这是一个完整的思考。看来什么问题都没有。各位同学对中国戏曲了解不多,绝大多数没有读过和看过《牡丹亭》,面对着整个戏曲界的这种思考,我们似乎提不出问题,也没有什么发言权。

但情况恰恰相反!

一部古典名作在今天上演,这一现象是内涵丰富的,包含着各方面、各层面的问题。并不是像上述思考那样简单的。正因为我们了解不多,我们又要培养思考的素质,所以恰恰是我们能够从什么都不明白,却什么都要弄明白的立场提出种种问题。一旦这样提问题,问题就会是从常识问起的,从根本上提出的,而又要穷根究底的。这些问题将打破戏曲界的内行们自以为理所当然的,其实是凝固麻木的认识状态。而我们的讲解和讨论就要从这里开始。

我认为至少应该提出下列问题:

1. 为什么人家要蜂拥而上来演《牡丹亭》呢?

2.《牡丹亭》适合全本演出吗?

3.《牡丹亭》的思想内容得到正确传达了吗?

4.《牡丹亭》除了传统的演法就没有更好的演法了吗?

让我们来作仔细的探讨吧。

一、为什么大家要蜂拥而上来演《牡丹亭》呢?

如果向戏曲界的人提出这个问题,多半不会得到回答。因为这个问题太初级了。《牡丹亭》啊，大名鼎鼎，从来是受尊崇的嘛。怎么提出这个问题呢？真是叫人从何说起！你不明白提这问题就表明你很无知吗？所以首先是不屑回答。

其实，最初级的问题也是最基本的问题，而最基本的问题往往有着第一等的重要性。要把它说清楚也不是很容易的。

（一）一个戏被热演有各种原因

一个戏被蜂拥而上地上演，可以有各种原因。

第一种情况是，它具有政治的或社会的尖锐性，拨动了大众的敏感神经，触动了得到广泛关注的问题。明代严嵩父子倒台后，《鸣凤记》的上演，清初《桃花扇》、《长生殿》的上演，均盛极一时，就属于这种情况。"文化大革命"后，二十世纪七十年代末到八十年代初的一批反思性、批判性的话剧也是这样，于是造成了一段戏剧热潮。

第二种情况是，它具有巨大的商业价值，人们喜闻乐见，上演它可以赚钱。美国百老汇的音乐剧就是这样的。

第三种情况是，一个时代有其共同的思想和美学趋向，其中出现了特别突出的作品，于是"满城争说"、"洛阳纸贵"，自然形成大家追捧、纷纷上演的盛况。《牡丹亭》当年一出，被誉为"几令《西厢》减价"，1965年《红灯记》一出，全国传唱，被自发地视为"无产阶级文艺"的"样板"，都属于这种情况。

第四种情况是，某些戏剧得到官方的提倡和推行，在行政命令下被大量上演，如文革中的"样板戏热"就是。

但《牡丹亭》的上演热肯定不属于上述四种情况。因为这个戏显然绝没有政治的或社会的尖锐性；《牡丹亭》在当代的演出也都是依赖政府或社会资助，从没有哪个剧团设想靠演《牡丹亭》赚钱的；《牡丹亭》现在也不是当代美学的代表，它的上演热也不是靠行政命令推动的。《牡丹亭》的上演热，其原因是这个戏被当做了中国古典戏曲的代表、昆曲的代表、古典文化和品位的代表。所以，在昆曲被确定为"世界非物质文化遗产"之后，人们要做些事情来体现保护昆曲、发扬古典文化，戏曲界要借此时机来宣传和发展自己的时候，就出现了《牡丹亭》的演出热。明白这一点，这个演出热为什么强调"全本"演出，也就显而易见了。

由于《牡丹亭》的上演热实际上是一股保护和发扬古典戏曲文化的思潮的表现，

所以在《牡丹亭》上演的同时，合乎逻辑地出现了古典戏曲作品的演出热，《长生殿》、《桃花扇》等一批古典名作也纷纷被上演了。但这些名作都只有很少的剧团演出，虽然都花了本钱，但演几场就完了，没有广泛的影响。再没有第二个戏像《牡丹亭》这样被很多剧团上演的。

于是问题就进了一步：《牡丹亭》在古典戏曲中占有什么地位？为什么被如此看重，成了人们心目中的一个最具代表性的剧目呢？

（二）《牡丹亭》在中国古典戏曲中的地位

中国古典戏曲剧本有存目的是数千种（庄一拂编著的《古典戏曲存目汇考》一书就收录了四千余种），整理出版的剧本有千种以上（古人编的《元曲选》和《元曲选外编》就收录了一百六十二种，今人编的《古本戏曲丛刊》出版了四集，就收录了四百种，再加其他各种剧本集）。二十世纪五十年代到六十年代"戏曲改革"运动中曾两次大规模发掘传统戏剧（主要是剧团的演出本），报的数字有五万多种①。总之，剧本数量巨大，从这么大的数量中分析论述《牡丹亭》的地位是不可行的。

简便的方法是从所谓"五大名剧"入手。这就是《西厢记》、《琵琶记》、《牡丹亭》、《桃花扇》、《长生殿》。"五大名剧"的说法虽然是少数研究家提出的，并没有被正式公认，也没有写入哪本教材（戏曲史教材不能只说到五个戏），但这个说法影响还是广泛的，尤其是从来没有人反对。理由也很简单：再没有第六个戏能被提出来和这五个戏并列，享有同等的重要地位了。②

这五个戏都是分量厚重，思想和艺术一流。每一部都是当时代就名满天下，获得最高评价的。

《西厢记》产生于元代，写的是张生和崔莺莺的爱情故事。元人钟嗣成作《录鬼簿》，这是一部元杂剧作家作品集，对每一个剧作家都有几句评价。明代的贾仲明增

---

①　五万多这个数字值得怀疑。首先是搞运动、报成绩会夸大数字，其次是这里包括了各剧种的数字，许多戏其实是同一个戏在不同剧种的各自的演出本，而戏曲剧种有两三百个之多。

②　中山大学的著名学者王季思主编有《中国十大古典悲剧集》和《中国十大古典喜剧集》，这是合理的，作为了解古典戏曲的读本，二十个戏比五个戏合理。值得注意的是《牡丹亭》不在其中。但这里不是忽视和贬低。上海的一位老学者蒋星煜曾向该书的编者提出为什么《牡丹亭》竟然未入选的问题，得到的回答是：我们搞不清这部名剧算悲剧还是喜剧，严肃和谨慎起见，只好不选，不失尊重的态度。

补《录鬼簿》作了一曲【凌波仙】悼作者王实甫，评价是"新杂剧，旧传奇，《西厢记》天下夺魁"。

《琵琶记》产生于元末明初，由文人高明创作。高明使原来民间性的南戏进入了文人创作的领域，他保持了南戏表现一个曲折而完整的故事的传统，又把元杂剧具备的曲牌体的音乐、文辞成就运用起来，由此开创了传奇时代。该剧的剧本格式也成为传奇的规范。所以《琵琶记》从来被尊称为"传奇之祖"。这个戏在思想内容上写了"全忠全孝蔡伯喈，有贞有烈赵五娘"，是完满的伦理教科书，但绝不陈腐、空洞，蔡伯喈的内心矛盾、赵五娘的悲惨遭遇又是非常人性的，具体感人的，所以不失很高的文学性。《琵琶记》从各方面看来都是一部划时代的作品，对后世影响也很大。清代康熙年间出现的《缀白裘》一书收录当时常演出的折子戏四百多出，这本选集反映了当时戏剧的面貌。在这本选集中，出自五大名剧的折子戏都有不少，出自《琵琶记》的数量第一。

《牡丹亭》完成于万历二十六年（1598），也就是明晚期。该剧长达五十五出，情节丰富，但梗概并不复杂，略为四川南安太守杜宝的女儿杜丽娘春游花园，归来做了一梦，梦见与一书生幽会于牡丹亭畔，醒后怅然，一病而亡。三年后，书生柳梦梅来到南安，杜之鬼魂与他幽会，嘱他掘墓开棺，杜丽娘由此还魂复生，二人又经历种种曲折，终于结为夫妇。由于《琵琶记》产生于元明之交，是又被看做南戏又被当做传奇的作品，而《桃花扇》、《长生殿》都产生于清初，所以《牡丹亭》其实是明代唯一跻身"五大传奇"的作品。传奇创作不是《琵琶记》之后就兴盛的，是到了明朝开国一百五十年后才兴盛，从嘉靖、隆庆年间兴盛，至万历而极盛，都是文人创作，作品之多号称"词山曲海"。《牡丹亭》这样一个戏为何能脱颖而出，独占鳌头呢？传奇从嘉隆年间兴盛后，批判了道学风，明确了传奇要写风情，结果文人们的创作就都是写男女爱情故事，题材路子是狭窄的，大家都在故事的奇巧、文辞的风格、音律的讲究上面下功夫。《牡丹亭》的故事是女主人公因情而梦，一梦而亡，又能死而复生，情节奇妙上就远远超出一般了。而思想含义上，《牡丹亭》以情反理，唱出了明代人文主义思潮的最强音，这就又超乎一般了。再加该剧的文辞又是才华出众，压倒群伦。所以《牡丹亭》当时是以代表了时代的思想和美学追求而惊采绝艳的姿态出现于剧坛的。此剧问世之后,汤显祖就成了文人剧作的典范,"追步临川"①成了一种理想和美学风范了。

《桃花扇》和《长生殿》都产生于清初。这个时候是传奇创作最成熟的时候。它们都是文辞、音律、情节组织、人物描写各方面都达到最高水准的作品。而这两个戏最突出的优势是它们写的是"兴亡之感"。这是因为它们出现在由明入清、改朝换代、中华再次被异族统治的背景下。《桃花扇》用侯方域、李香君的爱情故事为勾连线索,写出了建都南京的南明王朝如何仅仅维持一年就覆亡的惨痛历史。《长生殿》则以唐明皇、杨贵妃的故事写出了盛唐天下如何由于失政而导致安史之乱的历史,在唐明皇既悔恨失政,又上穷碧落下黄泉地追寻失去的爱情的过程中,写出了"此恨绵绵无绝期"的情绪。于是,这两个戏表达了整个民族的兴亡之感,具有巨大的历史内涵。它们在抒情的分量和历史内容的厚重上超过前面三个戏。这两个戏达到的高度,此后再没有什么戏能够超过,于是,它们从来被认为是传奇时代的压卷之作。

总观起来,可以这样说,五大名剧的每一部都具有拿出来代表中国戏曲成就的资格。而把五个戏相互比较的话,《牡丹亭》并非高踞榜首,甚至,连《牡丹亭》明显地超过了其他四个戏中的哪一个,这样的话也没有人敢说。

既然如此,为什么今天人们把《牡丹亭》当做了古典戏曲的代表,形成了上演热呢? 这就要从当今观众接受的角度来理解了。

(三) 古典名剧与当代观众的接受

前面说过,五大名剧在出现的当时代都是名满天下的,所以都是为观众接受的,而且都传之后代,影响深远。但那是过去,到了今天,观众的接受情况就不一样了。

首先是《琵琶记》,讲的是忠孝节义,完满的封建伦理道德,但放到今天,哪怕还是有些意义,毕竟不合时宜了,拿来盛演是不可能的了。

其次是《桃花扇》和《长生殿》。这两个戏虽然有厚重的历史内涵,但写的是封建社会的兴亡之感,和今天的振兴中华的精神还不是一回事。《桃花扇》对奸臣误国,昏君无能导致南明王朝迅速覆亡的深沉慨叹,《长生殿》对因动乱而丧失的盛唐繁华

---

① 汤显祖(1550—1616),字义仍,号若士,江西临川人。"临川"指汤显祖。

的无限怀念，对今天的观众而言都有时代隔膜，是不能引起共鸣的。因此，这两个戏也不能成为今天盛演的剧目。

这样一分析，五大名剧就剩下了《西厢记》和《牡丹亭》。这两个戏都是爱情题材，爱情题材是超越时代的永恒主题，应该没有时代隔阂了。两个戏比较起来，《西厢记》更好。这也不是我的看法而已。今天的戏曲研究家大约都这么看，古人也是这么看的。《牡丹亭》出现，明代的剧作家没有一个不服气、不赞美的，但却从来没有一个人说《牡丹亭》已经超过了《西厢记》，或者说可以和《西厢记》并列的。清代的金圣叹选了一部戏曲来细细评点，称之为"第六才子书"，这就是《西厢记》，他并没有考虑过选《牡丹亭》，古典戏曲中《西厢记》第一，这一点在金圣叹心中是毫无疑问、不容讨论的。既然如此，为什么《西厢记》在当代虽然也时有演出，却超不过《牡丹亭》，反而是《牡丹亭》演出要多得多，并且在古典戏曲演出热中独占鳌头呢？

原因大约是两个。

第一，《西厢记》写美好的爱情，表现"愿普天下有情的都成了眷属"，这是各时代共通的人情。但该剧的描写有巨大的历史具体性（或者说现实品格），写莺莺就真是相国小姐，写张生就真是志诚君子、风魔酸丁，这都是封建时代的人物而不是今天的人物。于是，崔莺莺的表现那样外冷内热、端庄羞怯，张生的表现那样神魂颠倒，他们的恋爱使用隔墙酬韵、借琴传声、传书递简、幽期密约的形式，爱情的过程经历那么多的试探、误会、曲曲折折，这一切细腻的描写本来正是其文学性的表现，是一代代读者、观众激赏的所在，却反不利于今天的年轻人领略。而《牡丹亭》所写的杜丽娘、柳梦梅，其实是很抽象的人物，是至情的象征，反是没有理解的障碍的，那种因情而梦、一梦而亡，死了还能够还魂的神奇故事，倒是给人印象深刻，可以一下子掌握的。于是，《西厢记》的长处反成了短处，《牡丹亭》的短处却不显其短，长处则尽显其长了。

第二，《西厢记》虽好，却是元杂剧，元杂剧怎么唱，早已经不知道了。即便知道怎么唱，表演上也有不足，因为中国戏曲的表演体系，是在明代成熟的，元杂剧时代远没有成熟。《牡丹亭》是昆曲。昆曲的唱法没有失传，甚至从昆山腔的创始人魏良辅开始，一代一代通过哪个人传下来的都清清楚楚，昆曲的《牡丹亭》是《纳书楹曲谱》推出的完整唱本，一直传下来没有失传。即便不是全本一直演出，但主要的一批单出,是一代代演下来没有失传的。于是,《西厢记》的演出原貌已不可追寻,《牡丹亭》却是一只活着的大熊猫。要推出一个原汁原味的、代表古典戏曲的剧目,非《牡丹亭》莫属了。

二、《牡丹亭》适合全本演出吗?

(一) 问题的提出

当今的《牡丹亭》演出热,是以"全本演出"为号召的。过去只是演一些折子戏,现在全本演出,让观众看到这部名剧的全貌,这肯定是好事情。为什么要提出是否适合全本演出的问题呢?

其实道理很简单。只要你是有思考精神的,必然会追问:既然全本演出是毫无疑问的好事情,那过去为什么不这样做呢? 反过来想,过去不全本演出,不可能是没有人想起这个念头,肯定是有他的道理的。既然如此,现在要全本演出,肯定也不能一切顺利,总是有什么问题要解决的吧? ——这就是要提出问题的缘由了。

(二)《牡丹亭》剧本太长

如果要一个简单的回答,那很干脆:《牡丹亭》不适合全本演出。

如果要问为什么,最简单的回答就是剧本太长。《牡丹亭》全剧有五十五出。要知道每一出就是唱一套曲子,而一套有十支左右的曲子。全剧共有四百三十五曲。时间往少里算:假设唱一支曲子只要两分半钟,全剧唱曲就需要一千零八十八分钟,折合十八个小时。加上道白至少共二十一个小时。按照今天的看戏习惯,晚会时间往多里算,演一个晚上三小时,需要七个晚上才能演完。现在有谁会一连七个晚上看一部戏呢? 而这还是往少里算的。

于是可以推论,所谓"全本"演出,尤其是"完全的"演出,只能是理想,或者是标榜。实际上,每一家都必不可免地像白先勇说的那样"做减法",就是把出数减少(青春版《牡丹亭》有二十七出),再把保留的出数中每出所唱的曲子数目减少。青春版《牡丹亭》控制在三个晚上演完。但就这样也太长,是挑战剧场的规律和观众审美习惯了。

于是,我们的思考必然指向一个问题:剧本干吗写这么长?

(三) 探询传奇篇幅冗长的原因

我们先从历史方面,也就是认识戏曲传奇的特点方面来说。

从这个方面来看,对于"为什么写这么长"的回答就是:写这么长(五十多出)是传奇创作的习惯、通例。而通例写这么长,并不是戏的内容格外丰富,或者情节特别复杂,所以才需要这么长,只是习惯这么长,喜欢写这么长。《牡丹亭》也是这样。

说到这里,问题就转入了进一步的追问:为什么传奇作者要那么慢悠悠地展开和推进情节呢?

回答其实很简单:他们写着玩儿! 情节慢,篇幅长,就可以多写曲子,施展才情,享受自己作曲子的乐趣。

这个答案可能叫同学们意外,但不幸这就是事实。以往的戏剧史教材都不肯着意点出这个事实,没有叫人正视、反思传奇的作者这样的创作态度。这是会妨碍我们对很多问题的理解的。

这里说的"很多问题",指的是对于传奇时代的理解的种种问题:这个时代的创作宗旨、题材范围、审美趋向、观剧方式和演出习惯。这一切都是和剧作家的创作态度配套的,而知道这一切,才能理解《牡丹亭》的面貌,不仅是解释为什么写得这样长而已。"为什么写得这么长"的问题,其实只是我们思考的一个入口。

(四) 认识传奇时代

前面已经说到,文人高明在元末的时候,结合了南戏完整表现故事的传统和元杂剧的曲学成就,创作了被称为"传奇之祖"的《琵琶记》,南戏从这个戏开始,变身成了传奇。但传奇时代并没有接着到来。因为明代开国后的一百五十年间创作传奇的人非常少。这个阶段统治剧坛的戏剧形式还是杂剧。尽管这个时期的杂剧已经没有元代的繁盛局面,演出也很少,但文人创作戏剧的,还是把杂剧看作主要形式,创作传奇根本没有流行起来。于是戏曲史家对明前期一百五十年的说法,多认为是戏剧的沉寂时期,只是论元杂剧的时候,可以看成元杂剧的第三期(前两期是先以大都为中心和后来以临安为中心的两个繁盛时期),论传奇的时候,可以看做传奇的第一期。传奇创作的热潮是从明代嘉靖年间开始的。嘉靖隆庆年间形成了第一个高潮；发展到万历，已经是"词山曲海"，可以算第二个高潮；此后一直到清康熙年代，传奇一直繁盛，是绝对的统治剧坛的戏剧形式。此后传奇开始衰落，剧坛统治地位逐渐被地方戏（花部戏）所取代。所以，从明嘉靖年间到清康熙朝，明代的后一百五十年连上清初的几十年，这二百多年是真正的传奇时代。

明代前期为什么传奇没有兴盛起来？为什么是那样一个戏剧不振的寂寥局面？这么大的一个问题在戏剧史著作中已经有探讨。我们这里尤其不可略过。因为这和传奇兴盛起来以后的创作宗旨是密切相关的。我个人认为戏剧不振的原因首先在于社会不安定。从逻辑上说，从元代那样一个封建秩序破坏的社会恢复到一个封建秩序完整的安定社会是需要时间的。从事实上说，明太祖朱元璋开国以后大杀功臣，用残酷的手段处置贪官，都说明社会还不安定。明太祖去世的时候，没有把皇位传给儿子，却直接传给了孙子朱允炆，结果朱元璋的第四个儿子燕王朱棣以"清君侧"为名兴兵南下，到南京来抢了侄子的皇位，朱棣就是后来的明成祖。由于这种做法难以服众，朱棣不仅对侄子的大臣们，而且对前朝的，也就是朱元璋朝的大臣们进行了广泛的杀戮。此后，首都搬到北京去了，朱棣还对逃跑了的侄子展开了长时间、大规模的追踪搜捕。这一场风波折腾了数代才算平息。这种社会的不安定，应该是传奇不能兴盛、杂剧也非常衰落的一大原因。

《琵琶记》虽然出现了，但影响不大，所以传奇时代没有接着到来，这样的解释可以排除。因为明太祖看到了《琵琶记》，认为它是封建伦理的好教材，所以印了"千八百本"分送各个王府，指示说这个剧本像"布帛菽粟"一样一天都离不得的。这件事情是全社会都知道的，至少作为社会精英的文人肯定都知道。所以《琵琶记》的影响应该说是非常大。《琵琶记》为什么被朱元璋那样看重呢？因为高明在第一出"标目"的唱词中明确地提出了"不关风化体，纵好也徒然"的创作宗旨，这就是说，不能维护伦理道德、社会风化，再好看也没用。高明的这种创作态度是富有社会责任感的，用今天的话说，高明要"拨乱反正"，他要把内容驳杂、鲜明表现民间意识的、写作男女爱情故事吸引观众的民间的戏剧提高到宣传封建伦理道德、维护社会风气的正统文学的高度。然而，官方大力推崇了，传奇却没有兴盛。这应该解释为文人对像《琵琶记》那样的创作态度有抵触，没有照样子跟进的兴趣。这应该是传奇不能兴盛的又一原因。

明嘉靖年间，社会安定了。嘉靖是一个四十年求仙问道、二十年不上朝的皇帝。这个样子的皇帝可是空前绝后。但能够二十年不上朝，说明社会稳定的程度。这个时候，文人有兴趣创作传奇了。但他们有兴趣的是《琵琶记》把民间文学提高到文人创作的精致文艺的一面，而不是承担封建教化责任的一面。于是，传奇兴盛的第一个思潮就是对此前照样跟进、完全宣传封建伦理的作品——《香囊记》和《五伦全备记》展开声讨。这场声讨广泛而声势浩大，但其表现不是理论性的批判，而是广大文人众口一词的恶骂，说这种"道学气"的作品根本就是陈腐不堪、"令人呕秽"的东西。其结果是，这个路子的作品一下子被搞臭了，一个共识被建立起来：传奇创作当然是写风情。

这一场其实没有论争的理论研讨在戏剧史著作中是写得清楚的，并且给了高度的评价，认为这是人情人性对封建伦理的胜利，是从此端正了传奇创作的道路。这个意思是不错的。因为明代初年大搞思想禁锢，明太祖把朱熹的理学树为思想正宗，贯彻的是"存天理，灭人欲"，道学风的创作就是走宣扬"天理"的道路，明确传奇是"写风情"，就是写男女爱情故事，这就转到声张"人欲"的道路上来了。但这个评价明显是有缺陷的。缺陷就在于忽略了另一面，没有指出传奇就是写风情的主张也就使传奇创作走上了题材单一、趣味狭窄的道路。

（五）传奇时代创作题材的狭窄性

看看元杂剧，就会发现它的题材是十分广泛的。明宁献王朱权在他的著作《太和正音谱》中标举了"杂剧十二科"，就是"神仙道化、隐居乐道、披袍秉笏、忠臣烈士、孝义廉节、叱奸骂谗、镀刀赶棒、逐臣孤子、风花雪月、悲欢离合、烟花粉黛、神头鬼面"。这十二科就是十二种题材，这是内容广泛，趣味多样的。再看南戏，最先突出的是谴责男性发达了就变心的"负心戏"，后来最有名的四大南戏"荆刘拜杀"（《荆钗记》、《刘知远白兔记》、《拜月亭》、《杀狗记》）题材也有广泛性。就是在那一百五十年寂寥期中，除了《香囊记》和《五伦全备记》之外，还是有《三元记》、《千金记》这样的作品。但从嘉隆年间明确传奇"写风情"之后，什么嫌贫爱富、民间疾苦、冤案难申、清官断案、文人励志、忠良负屈、英雄末路……逐渐都不见了，在嘉隆年间，虽然风行写男女爱情题材,但是还有《宝剑记》、《鸣凤记》这样写忠奸斗争的作品,到了传奇极盛的万历年间,则一概都是写才子佳人的爱情故事,规模上是"词山曲海",题材上却是"清一色"了。直到清初李渔的《笠翁十种曲》,都是这个题材格局。这个题材单一的格局,是由清初以李玉为代表的苏州作家群来打破的。苏州作家群的传奇创作,主要是政治和社会题材。但我们可以想到,这是因为经历了由明入清的社会大变动,家国之思、忠奸之分不能不震撼文人的心灵,剧作题材才发生了变化,超出只写风情的范围。

(六) 传奇创作的重情趣的倾向

接着我们再说情趣的狭窄。在我们一般人的心目中,写男女爱情故事就是反封建,而且爱情是永恒的主题,其中可以开掘丰富的人性,怎么"写风情"就会情趣狭窄呢?要知道明清文人"写风情"和莎士比亚写爱情故事、五四时代写爱情故事是不一样的。莎士比亚写爱情故事、五四时代写爱情故事是主张人的解放,是要根本推倒封建的思想观念和社会势力的,因此爱情故事的形式多是男女青年追求自由的结合,同现实的封建力量坚决斗争。明清文人的"写风情"却仅仅是声张人欲。明中叶中国有一股人文主义思潮,说得最尖锐的是李贽的话:"穿衣吃饭,即是人伦物理。"换言之,"食色,性也"。人的这种天性,就是最大的天理。这个话已经把声张人欲说到极致了。但他们声张人欲,仅仅是要肯定人欲,并没有要推翻儒家伦理的意思,所以还是"发乎情止乎礼义"。于是他们的"写风情"就是努力地写男女的艳情故事,甚至写到性解放的程度(明清戏曲、小说中的爱情故事都是男女一旦单独见面就上床,"直奔主题"的),这就表现出对于人欲的肯定。但同时这种结合又不能超出封建伦理的范围,必须具有合法性,其表现是,这一对男女要么是早有婚姻之约,要么是事后自身条件符合了社会的婚姻标准,得到了社会的肯定和追认。

这种特征就是在最强烈地"以情反理"的《牡丹亭》中也是表现得极其鲜明和完整的。《惊梦》一出,刚见面的书生要杜丽娘到牡丹亭畔去,杜问"去怎的",回答是"和你把领扣松,衣带宽……则待你忍耐温存一晌眠"。[①] 何其直截了当!《幽媾》一

---

① 本文对《牡丹亭》文字的引用,出自汤显祖著、王思任批评、李萍校点《王思任批评本〈牡丹亭〉》,凤凰出版社 2011 年版。以下引用《牡丹亭》文字,不再一一注明。

出,杜丽娘的鬼魂夜来敲门,明言自荐枕席,行为何其大胆!但杜丽娘回生以后的"婚走"一出中,柳梦梅说要结为夫妇,杜丽娘马上表示没有父母之命媒妁之言不行。所以有人说怎么杜丽娘又成了一副封建嘴脸了?在戏的末尾,柳杜的婚姻是得到皇帝的批准的,而在阴间,判官查过婚姻簿,上面注明了杜丽娘和柳梦梅有婚姻之分。所以柳杜的人欲表现一方面是极为大胆奔放,另一方面却是从头到尾都有合法性的。

由《牡丹亭》的例子,我们可以理解到,《牡丹亭》以及这个时代所有的传奇,在描写男女爱情题材的时候,虽然都具有"以情反理"的意义,但又都具有"主情"而不反理的性质。就是说,这里的"主情",只是声张人欲,"反理"是反对封建理学中要求"灭人欲"的部分,对整个封建伦理体系却是并不要求推翻的。

由此,我们可以理解两点事实:

第一,由于"主情"本就有着与封建伦理调和的一面,所以从明中叶往后,反封建的锋芒逐渐消减。到了明末,男女爱情的描写已经堕落为描写艳遇,甚至是成就一夫二妻的奇异风流故事(如《燕子笺》之流)。到了清初,李渔甚至公然声称他的创作是把风流和道学结合起来①。

第二,由于并不根本反对封建伦理,因此爱情故事并不会表现封建势力对自由爱情的压制、迫害和男女青年冲决现实封建势力的斗争,而是真地"写风情",在描写风情上下功夫。这就造成内容、情趣的狭窄。

(七) 传奇创作重文章不重戏剧结构

由于传奇作者抱着人生"余事"、"遣性怡情"的态度创作,在描写人欲的情趣上下功夫,所以他们注重写出好文字,对于戏剧结构是不甚在意的,这就造成结构的散漫、篇幅的冗长。

传奇的开场是节奏十分缓慢的。第一出通常名为"标目",只唱两支曲子。前一支曲子内容是叙述本剧的主题(或者说创作意图),后一支曲子内容是简说本剧的故

---

① 例如李渔的《风筝误》,男主人公借着风筝牵线,要潜入到小姐的闺房中去。但他的动机居然是,婚姻是极其严肃的事情,娶个品貌不行的人是万万不可的,所以只听媒婆说如何如何太不可靠,对要娶的女子必须当面看见,亲自考察一下。这就把风流的行为和道学的目的结合起来了。李渔对自己的这种结合是非常得意的。

事梗概。第二出是男主人公出场，第三出是女主人公出场。这个出场仅仅是唱一套曲子，说明自己是谁，身世如何，目前境况如何，心情和人生愿望如何，就是说这是单纯的人物介绍，并不进入本剧的情节、矛盾冲突。这种开场的办法，是长达四十二出的《琵琶记》创造的，由此就成为传奇写作如何开场的固定规范了。从这里我们能够看出，古人并没有在矛盾冲突中开场的概念，并没有在戏剧行动中交代必要的情况的技巧和概念。这也意味着在传奇作品中，要开始本剧的剧情，最快也要到第四出。

《琵琶记》的作者高明是怎样，或者说凭什么创造出这么个开场办法呢？我认为合理的回答是两点：第一，小说的概念和习惯；第二，借用了前人的做法。"小说的习惯"就是开头不一定要人物行动起来，是可以先静止地介绍人物的，这种做法有个好处，就是保证清楚明白。而中国的小说，还有先提示说明本小说的主题思想的习惯，这只要看宋代话本的集子"三言两拍"就可以知道。在那些小说（或者叫说话）中，开头总是声明本故事要说明的道理的，甚至怕听众或读者不明白，还要先讲个简短的小故事，形象地说清楚这种道理，才正式展开本小说的故事的叙述。"借用前人的做法"，只要看元杂剧。《西厢记》的第一折就是张生出场介绍自己，第二折就是莺莺出场介绍自己。所以可以说《琵琶记》先用掉两出，让男主人公、女主人公次第出场，不过是搬用了《西厢记》的做法罢了。那为什么这两出前面还有一出标目呢？《西厢记》不是没有这个吗？要知道南戏演出的时候，有个"副末开场"的习惯，就是由副末这个脚色先站到台前，对观众介绍几句将要演出的剧目的宗旨、大意之类，把下面的正戏引出来。这个工作，古人称为"引戏"，用今天的话说，就是报幕员或者主持人的工作。高明发明的第 出"标目"的形式，根源显然是来自这里。

《牡丹亭》也是按照这个规范开场的。问题是《牡丹亭》要次第介绍的人物更多。该剧的第四出叫《腐叹》，就是一个腐儒的自艾自叹，这是后来成了杜丽娘的老师的陈最良的出场戏。于是，《牡丹亭》真正进入剧情，有点矛盾冲突的戏，是从第七出开始的。这一出叫做《闺塾》，就是陈最良第一次给女学生杜丽娘上课的戏。折子戏演出，名称一般叫做《春香闹学》。《牡丹亭》之进入剧情，可以说够慢的了！

从《春香闹学》开始，剧情开始向本剧的关键情节"游园惊梦"发展了。到《寻梦》为止，"游园惊梦"的情节总共用了六出的篇幅。

《寻梦》之后，情节就向杜丽娘生病、死亡发展。总共用了八出戏。内容是杜丽娘病了，杜丽娘发现自己瘦了，自作画像（《写真》），请了陈最良来看病，请了石道姑来驱邪，到了第二十出，杜丽娘死了（《闹殇》）。

叙述到这里，我们可以感叹一句：剧情进展太慢了！写一个女孩子游园，做了一个梦，然后生病死了，就这些内容，需要用二十出戏的篇幅吗？当代的一些《牡丹亭》的演出本，通常是省掉了前面六出，直接从《春香闹学》开始的。我们可以设想比较紧凑的情节推进。如果《春香闹学》算第一场，接下来一场可以是"游园惊梦"。第三场是《寻梦》。第四场是给病倒的杜丽娘看病。第五场是杜丽娘挣扎着爬起来，画下了自己曾经美好的容貌，画完就死了。这样，只用了五出戏。难道原来二十出戏的内容有什么遗漏吗？没有。我想大家从这一段分析和叙述已经可以看到一个事实：剧本写那么长，并不是因为内容特别丰富，情节特别复杂；写得长，只是因为习惯于慢悠悠地展开和推进情节而已。

说到这里，我们自然会有个疑问：难道汤显祖不觉得慢吗？他是怎么想的呢？为了回答这个问题，让我们来分析一下《牡丹亭》的情节结构。为了不说得太长，只分析到前二十出。回目如下：

第一出　标目

第二出　言怀

第三出　训女

第四出　腐叹

第五出　延师

第六出　怅眺

第七出　闺塾

第八出　劝农

第九出　肃苑

第十出　惊梦

第十一出　慈戒

第十二出　寻梦

第十三出　诀谒

第十四出　写真

第十五出　虏谍

第十六出　诘病

第十七出　道觋

第十八出　诊祟

第十九出　牝贼

第二十出　闹殇

一看回目，我们马上就看得出问题所在。

第一个问题是，这一段写的本是杜丽娘在四川南安府的故事，却插进了描写柳梦梅在岭南的日常活动的三出（《言怀》、《怅眺》、《诀谒》。分别是写柳梦梅出场、柳梦梅和朋友眺望风景、柳梦梅和家人的言谈），都是和当前剧情没有联系的，又插进了描写淮北金兵活动的两出（《虏谍》、《牝贼》），也是和当前剧情没有关系的。这五出就占了前二十出的四分之一，拖慢了节奏。

第二个问题是写得过细。这二十出中有三个情节，在描写的回目上都是连续的。第一个情节是给杜丽娘请老师，先写了杜宝夫妇要求女儿绣花，还要读点书，并表示要给她请老师（《训女》），然后写了陈最良的境况和得到将被聘请的消息（《腐叹》），再写了杜宝请陈最良来到衙门，交谈之后让杜丽娘拜师（《延师》）。一个拜师的情节就用了三出。第二个情节是"游园惊梦"，用了六出。第三个情节是给病了的杜丽娘看病，先是老夫人问病因（《诘病》），然后是石道姑出场自我介绍（《道觋》），再是陈最良和石道姑给杜丽娘看病和作法驱邪（《诊祟》），也是用了三出。由于都写得过细，节奏就慢了。

这两个问题，在今天看来都是不合理的处理。为什么这样处理呢？答案就是：为了多做文章，做好文章。

先说写得过细。这一点金圣叹在评点《西厢记》的时候有很好的说明。他说要写出好文章，需用狮子滚绣球法。就是说，狮子必须是围绕着绣球左盘右旋，这才能造成漂亮的狮舞；如果让狮子一下子扑上去逮住了绣球，那还能演出漂亮的狮子舞吗？做文章也是这个道理，不能直奔主题，要看准题目，却远远地生发起来，及至做到题目，又要盘绕开去。如此左盘右旋，前后照应，才能生出好的文章。以"游园惊梦"的情节为例，就能看出汤显祖就是这样做文章的。

第一出是《闺塾》，这里虽然写了春香闹学，但内容不仅是写春香、杜丽娘与陈最良的冲突，最终归结点是"闹学"的结果：春香出去玩了一趟，回来报告发现了一个大花园。发现花园，这才有游园，所以这一出是游园的发端。这属于看准了游园的题目，从远远处写起。

接下来一出是《劝农》，写的是杜宝下乡，督促农民春耕春种。这看起来是岔出去了的情节，和游园没有关系。其实不然。这是写老爷不在家，这才能有游园的安排。

再下来一出是《肃苑》，就是吩咐花郎打扫花园。叫做"肃苑"，有整肃环境的意思，因为花园是一个废弃了的花园。这是为游园做准备。

再下来是《惊梦》①。这已经是第四出了。

第五出是《慈训》，就是杜宝夫人曾发现女儿白天在闺房里睡觉，把她叫醒（这是《惊梦》一出结束的情节），三天后又来教导了一番，说大家闺秀白天应该刺绣，做女红，怎么能睡觉呢？这算慈母训女，所以叫做"慈训"。

美妙的梦被母亲打断后，杜丽娘无限怅然。于是她一个人再到园中，一一走过梦中的地点，寻觅和重温梦中经历的场景。这一出就是《寻梦》。到这一出为止，游园惊梦的情节共写了六出。

再说插入其他情节的场面。这种做法有两种解释。一种就是金圣叹在评点《西厢记》讲文章做法中讲的"草蛇灰线法"。用今天的话来说，就是始终不忘写下伏笔，对平行的情节始终不忘有个交代，让那条线索像草绳烧成的灰线一样隐然可见。另一种解释就是南戏以生、旦为主角的传统，这种传统要求生旦戏的调和与平衡。最鲜明的典范就是《琵琶记》，这个戏是两条线索，生（蔡伯喈）在京城，旦（赵五娘）在家乡，两线平行地各自进行，时间相同，空间不同。该剧是生一场戏，然后旦一场戏，完全对应平衡地写的。《牡丹亭》在杜丽娘的戏中插上一些岭南柳梦梅在家中的场面，也是这个意思。但从具体的戏来看，上述两种考虑其实都不需要。但这样一来，又多了好些场面，又可以多写多少文字了。

―――――――――

① 《惊梦》的情节包括杜丽娘在闺房梳妆，到花园游园，回到闺房后睡着，做了一个春梦。后来的折子戏把它分为两段，成为两个折子戏，一为《游园》，二为《惊梦》。但两个戏也常常连起来演。通常说"游园惊梦"，本就是《牡丹亭》全本中的《惊梦》一出。

（八）多做好文章的观念妨碍了中国戏曲传奇的结构艺术

由上面的论述，我们介绍了一个历史的事实：传奇时代的文人们是抱着遣性怡情的态度、注重情趣、多做好文章的动机来写传奇的，所以传奇才那么冗长。

我认为，上述事实妨碍了中国古典戏曲结构艺术的提高。

说到这里，我们实际上把自己推到了一个理论课题的面前：什么样才是好的结构艺术呢？——对这个问题应该有一个说法，否则，你怎么能说清楚古人戏曲结构的不足在哪里？难道能仅仅从太长、不便演出这一个角度来判定结构不好吗？难道不存在这种可能：虽然太长，不便演出，但从文学上来说，本身还是好的结构吗？

什么才是好的结构艺术呢？这个问题回答起来很困难。因为这其实是一个很大的艺术理论问题，尤其是这个问题的实践性很强，文艺作品浩如烟海，好结构的作品也各种各样，所以这个问题其实是无法给出一个简单而又完满的回答的。若把古今中外有代表性的好的结构拿来分析一番，那写一本书也嫌篇幅不够。但是，我觉得还是可以给出一个最根本的原则：人物、思想、情节的一致性。我个人称之为艺术完美性原则(当然这里仅指叙事性艺术)。

人物、思想、情节的一致性——这是什么意思呢？可以分两方面来说。一方面是：人物、思想必须通过情节来表达，情节必须表现思想和人物。换言之，如果作品中的人物是作者下个鉴定说出来，如果作品的思想是作者直接用语言表达出来，而不是用故事情节表现出来的，那就是不好的；如果作者热衷于讲故事，但故事并不是为表现人物和思想服务的，或者写进了很多与表现思想、塑造人物没有多大关系的情节，那就叫情节游离、枝蔓丛生，就是不好的。另一方面是：表达思想、塑造人物、叙述故事的进程应该一致。换言之，如果故事本身已经讲完了，但作品思想还没有表达出来，或者主人公的形象塑造还没有完成，那就是不好的，或者，作品思想已经表达了，人物塑造也已经完成了，但故事本身还没有结束，还得没完没了地进行下去直到故事的结局，那就是不好的。

说明了"一致性"的意思，大家会发现：这个所谓"一致性"不就是一个常识吗？

一点不错，这就是一个常识。这个常识是历史发展的结果。在这个常识的基础之上，才是各种结构技巧的运用，才是谋篇布局的惨淡经营或匠心独运。但我这里既不想从历史和理论的角度追溯这个常识的形成，也不想进一步来谈结构的技巧或独特创造。我只想确认这个常识，并进一步指出，中国古典戏曲传奇有大量的作品是违背这个常识的，《牡丹亭》也不例外。

违背常识的表现之一，是许多情节并不表现思想和人物。例如前面说到的《训女》《腐叹》《延师》三出，描写了给杜丽娘请老师的情节，这三出对于表达作品思想毫无作用，对于塑造杜丽娘、柳梦梅的形象毫无作用。如果说对于塑造陈最良、杜宝的形象有作用，也很牵强，因为这两个人物的形象是在后面如何对待柳梦梅、杜丽娘的情节中才表现出来的。所以这三出其实可以删去。再如《言怀》《怅眺》《诀谒》三出，写柳梦梅在岭南家中的日常活动，也是对表现人物、思想没有作用的。

违背常识的表现之二，人物、思想完成了，故事还没完没了。在近年的《牡丹亭》全本演出热之前，江苏省昆剧院、上海昆剧团和许多其他剧团早就有了《牡丹亭》的出数多寡不等的全本演出。而这些版本都是到"回生"结束。《回生》是写柳梦梅掘坟，杜丽娘复活，是《牡丹亭》剧本的第三十五出。到《回生》就结束，这是至今为止绝大多数演出版本的情况。为什么到此结束？因为在今人看来，到此为止，杜丽娘已经"生而死，死而复生"了，这是"至情"对于理的胜利，人物塑造、主题思想都完成了，情节到这里也有完整性了，所以后面的情节就不要了。但在汤显祖看来，故事还远远没有结束呢！掘坟是违法的，是死罪，官府要追究，癞头鼋（石道姑的侄儿，系一粗汉，掘坟的时候由他挖土）留在四川南安，如何把这场官司应付过去，需要交代。陈最良发现坟被挖开，小姐尸首不见了，既是守坟职责所在，又是无限悲痛，遂远赴江苏淮安给杜宝报信，岂能不作描写？杜宝在淮安如何抵御金兵，如何得胜并升了宰相，这也得说说清楚。更重要的是掘坟以后，杜丽娘、柳梦梅的命运是怎样呢？得写出他们逃到杭州，先是错过了进士考试，后来得以补考，柳梦梅中了状元，直要写到他们和杜宝夫妇、春香、陈最良会合，杜宝认为复活的杜丽娘是鬼，大闹一场，不可开交，最后皇帝赐婚，柳杜成亲，这才能结束。所以"回生"后面还有二十出戏呢！显然，在今人看来，《牡丹亭》的情节是大大超出表现人物和思想的需要的。

说到这里，传奇作者因为他们用游戏的态度创作，要多写曲文，所以篇幅冗长的问题已经说清楚了。我们的思绪可以转回到本节的问题上来：这么长的剧本适合全本演出吗？

(九)《牡丹亭》当年是怎样演出的？

这个问题就其性质而言是一个历史考证问题。对此多有人研究，但研究的内容是想要弄清《牡丹亭》当初是用什么声腔来唱的。是用弋阳腔，还是昆山腔呢？一般的结论是，最初用弋阳腔，后来用昆山腔。对于当初是不是五十五出足本演出的，还处在缺乏考证的状态。

这么冗长的剧本，如何付诸演出，这其实是一个普遍性的问题。首先是，有全本演出的情况吗？这种例子是有的。康熙四十三年(1704)，江南织造曹寅把《长生殿》的作者洪昇请到了江宁(今江苏南京)，并邀集了大江南北著名文士在江宁织造府观演《长生殿》，他们一边看剧本，一边看戏，对于优人的表演逐场评论，一连演了三天三夜。洪昇生平从未如此得意过，但结果很不幸，就是这次离开江宁返回杭州的路上，他喝醉酒失足落水而死了。从这里看出，五十出以上的戏全本演出的例子虽然有，但却是非常难得、非常罕见的情况。而关于《牡丹亭》全本演出的记载，至今还没有被发现。今天知道的事实是，从《牡丹亭》问世并受到欢迎之后，就出现了为方便演出而删减篇幅的修改本。如臧懋循的改本将五十五出改为三十五出(标目改为开场，未算一出)，冯梦龙的改本改为三十六出，徐日曦(硕园)的改本改为四十三出。不仅出数减少，每出中的曲子数量也遭删减，《牡丹亭》全剧总共有曲子四百三十五支，这几种本子都已经缩减为二百多支。这三种是明代的有代表性的改本。三十多出的剧本能否适合剧场演出呢？在明代有一天一夜连续演出的风气，可以把这样的剧本一气演完。但这样的情况也只能发生在大户人家喜庆或者文人雅集的场合，一般老百姓是不能在剧场里这样看戏的。因此，史经常的演出情况，是家庭戏班选择若干出来演出，随主人高兴演多少算多少。另一种是，在社会性的剧场里用折子戏的形式演出。从明代已经出现了大量的折子戏选本印刷面世来看，万历以后，折子戏演出已经开始流行。所以从历史情况看，《牡丹亭》完完全全的全本演出，古人就知道是不合适的，也许从来就没有过。

(十) 完全的《牡丹亭》演出是一个不合适的理想

当今的《牡丹亭》演出热，是以保护传统、继承人类文化遗产为主要宗旨的，所以无论是一般观众还是业内人士，都有人提出原原本本、一点不少地演出全本《牡丹亭》的想法。这个想法，不管能否实现，看起来都是一个具有合理性的理想。而我上面说了那么多，其实就是要说明一个意思：完全的全本演出根本是一个不合适的理想。

其理由如下：

1. 太长，不适合剧场演出。

2. 不存在一个既有的全本演出可以继承。

3. 剧本本身就不符合叙事文学完美性的要求。情节大大超出表达主题的需要。

4. 《牡丹亭》不是一个成熟的剧本。它不像后来的《桃花扇》、《长生殿》，这两个戏已经处在普遍讲究结构的时代，当时传奇的创作篇幅已经普遍控制在三十多出，但因为内容厚重，历史场面多，这两个戏还是写到了四十多出，不过并没有什么枝蔓、败笔。而《牡丹亭》其中有一些场次的确是枝蔓；一些场次没有什么内容，也没有什么意义（如《言怀》、《怅眺》之类）；有的场次，如《道觋》，是文字游戏，可以阅读，但不适合演出。所以对《桃花扇》、《长生殿》可以设想不适合全本剧场演出，也可以完完全全地演出来，做教学的内部观摩也好，但对于《牡丹亭》，这种想法没有意义。

其实，真正的全本演出之所以不合适，不仅仅是因为上述具体的原因，而根本上是一个如何理解遗产继承的问题。在这方面，非物质文化遗产和物质的文化遗产是不一样的。对物质的文化遗产的保护，就是要把原来的物质的实体（一个古瓶、一幅古画、一座古建筑）原样地、无损坏地保存下去；非物质文化遗产却是要让当代观众接受才能够继承的。如果把《牡丹亭》一字不改地演出来，那么冗长杂乱，就成了一个今天的观众看不下去的东西，那样怎么会有利于继承呢？所以，如果是设想一个好的全本演出的《牡丹亭》，就应该既考虑怎样才是名作的思想和艺术的完整性呈现，又考虑今天观众的欣赏和接受。所以，白先勇说"《牡丹亭》非改编不可"，这是正确的想法，而一讲继承就认为是全本、足本的演出，则是错误的。

当今的实践其实已经解决了这个问题。上海昆剧团1999年搞全本《牡丹亭》的经历就是一个好的例子。这个演出上马的时候，打的是向国庆五十周年献礼的旗号，请的编剧是福建剧作家王仁杰。王仁杰是戏曲界出名的复古主义者，他认为《牡丹亭》"演全本才好，字字珠玑"。最初搞成的是全部五十五出的《牡丹亭》（演完需要三个下午和三个晚上），但只做了内部演出，就改了。1999年演出的是上、中、下三本三十五出的版本（长九小时，三个晚上演完）。后来，直接去掉三十五出版本中的下本部分，情节只到《回生》结束，变成了上、下两本二十二出的版本（六小时，两个晚上演完，2003年演出）。这个变动过程很值得玩味。最初的五十五出版本，显然贯彻了足本演出的理想，但因为太长就缩减了。而以后的一再缩减，则是一个探索较优良的演出本的过程。

三、《牡丹亭》的思想内容得到正确传达了吗？

当我们不再追求足本演出之后，《牡丹亭》需要改编得短一点就被理解了。但这不是问题的结束，因为改编的演出本必然是改编者对于《牡丹亭》的理解的结果。于是我们走到了真正重大的问题面前：《牡丹亭》的思想内容得到正确传达了吗？

《牡丹亭》问世以来，评论、解读不知道有了多少，每一本戏剧史教材都要说到它，都指出《牡丹亭》是一部通过杜丽娘生死死生的故事表现"以情反理"思想的剧本。对于这一点从来没有发生过争论。难道对这部戏的思想内容是什么还存在什么解读不正确的问题吗？

我认为有，而且问题很大。因为现今流行的解读对汤显祖的原意有很大的歪曲。

《牡丹亭》表现以情反理的思想。这一点当无疑问。汤显祖的剧本序言中就说得明白：他要写的是"至情"。把情写到全情的程度，当然是"以情反理"。

问题在于，"以情反理"只是对于作品思想倾向的一个高度抽象和笼统的概括。全剧究竟以怎样的情节、人物、文辞、情调来以情反理，这才是实际的剧本解读。

在实际的剧本中，汤显祖的写法是哲理化的。他用一个生死死生的神奇故事写出性，或者说人欲，本是天地之间的正理，他的剧本是一支人欲的欢歌。他用这个途径表达了"以情反理"的思想。但在流行的剧本解读中，《牡丹亭》被看作了一个现实的爱情故事，是一对青年男女热烈追求对方，与现实的封建势力坚决斗争的故事，所以这是一个最坚决的反封建的作品，是这种反封建的坚定性表达了"以情反理"的思想，至于其中"生而死，死而复生"的情节，则被看成作品的"浪漫主义"特色。我认为后一种理解，也就是流行的解读，是对于汤显祖原意的歪曲。

对我的上述说法，同学们可能多有怀疑：难道对于《牡丹亭》真的可以有哲理化、现实化的两种解读吗？如果可以有两种解读，怎么知道哲理化就是符合汤显祖原意的呢？这两种解读真的有明显区别吗？会不会仅仅是研究者的不同认识而已，表现在剧本中其实是一回事呢？

对这种疑问，无需抽象的、道理的解说，因为在文学评论和演出的实际中，两种解读的区别非常鲜明。按照哲学化的理解，《牡丹亭》是人欲的欢歌，是一部明朗的、谐谑的喜剧，是要演到杜丽娘还魂之后，获得现实的胜利，最终在皇帝支持下和柳梦梅结婚才能结束的。这实际上就是剧本的原貌。但按照现实化的理解，《牡丹亭》却是一个现实的恋爱故事，是一场反封建的斗争，戏被演成了悲剧，只到杜丽娘还魂（第三十五出《回生》）就结束了。

从历史记录来看，情况也很清楚。从明代以来的《牡丹亭》的本子，不论怎样改，都是到《圆驾》（原本的第五十五出，皇帝赐婚，杜宝还要纠缠不清地反对，成为笑柄）结束。即便是只留下了十几出折子戏，还是包括《回生》之后的《吊打》（原本叫《硬拷》，写杜宝吊打柳梦梅，柳却中了状元，只得释放）、《圆驾》等几出。但 1949 年之后，情况一变，国内出现的三十二种演出几乎全部是只到《回生》就结束了。只有上海的全本《牡丹亭》（1999 年演出版）和白先勇搞的青春版《牡丹亭》是到《圆驾》结束的，但上海的全本，后来还是改成只到《回生》结束了。这就是说，1949 年之后，对《牡丹亭》的解读被套到了一个现实的反封建的悲剧的理解框子里。《牡丹亭》搞不清是悲剧还是喜剧的问题，其实是 1949 年之后才发生的。

然而，尽管事情其实很清楚，但因为现实化的解读已经流行，深入人心，所以两种解读有什么区别，真是非细细分析不可。我们先来看现实化的文学解读是怎样的。

（一）现实化的解读的面貌

1949 年以来的无数文章和文学史、戏剧史教材中对《牡丹亭》的解读就是现实化的，这就是把该剧看做现实的反封建的爱情故事，杜丽娘成了反封建的典型人物，她的遭遇被描述成受到深重的封建压迫，经游园而青春觉醒，由于青春觉醒而爱情不能实现,于是伤心而死,最终经过不懈地追求和顽强地抗争,终于复生,和有情人成为眷属。按照这个路子的解读,在各种文本中意思都一样。首先是说杜丽娘遭受的封建压迫有三点:1. 已经长大成人,却不考虑她的婚姻问题;2. 从小到大,除了父亲就没有见过别的男人,给她请个教师,还请了个很老的陈最良;3. 长到这么大,都不让她知道家里有个大花园。其次是说杜丽娘的思想发展,以余秋雨在他的《中国戏剧文化史述》一书中的表达最为流利酣畅。余秋雨指出,杜丽娘从读《诗经》得到了最初的启蒙:原来《诗经》的第一篇《关雎》就是写的爱情!接下来是游园,余秋雨根据事先吩咐打扫花园,早起精心打扮,把游园描述为杜丽娘的一次盛典,在这次盛典中杜丽娘发生了青春的觉醒。青春觉醒而不能如愿,开始了伤心而死、追逐爱情的过程。虽然到了阴间,有代表封建压迫的判官的迫害,她也决不屈服。

余秋雨还循着这个思路有所发挥:

平心而论,汤显祖通过一个春梦交付给杜丽娘的男子柳梦梅,是配不上杜丽娘的。让杜丽娘为他而生生死死,他是应该自惭形秽的。柳梦梅,比上,比不过张君瑞,比下,比不过贾宝玉。这或许是杜丽娘比崔莺莺和林黛玉更不幸的地方。①

根据这种解读,《牡丹亭》是悲剧性的,杜丽娘因情而死就是巨大的悲剧了,而且追求的还是一个配不上她的男人,真是太惨了!

这样的解读有问题吗?有。我先不说有什么问题,先让汤显祖自己对这种解读作出反驳吧。

(二)《闹殇》和《回生》两出为什么是闹剧?

汤显祖早就死了,对今人的解读怎么反驳?他的作品就构成反驳。请看汤显祖如何写杜丽娘的死亡(第二十出《闹殇》)和复活(第三十五出《回生》)。

按照通行的理解,杜丽娘是备受压抑的,婚姻问题得不到关心,除了父亲见不到

---

① 余秋雨:《中国戏剧文化史述》,湖南人民出版社1985年版,第398页。

别的男人，请了个教师还是越老越好的陈最良，成天被逼着做女红，长到这么大才知道南安府有个大花园，一游之后，伤春而病，终于郁郁而终。所以，杜丽娘死亡的场次应该是悲痛的，即便不是呼天抢地伤痛欲绝，至少也是凄凄惨惨戚戚。然而，汤显祖却不是这样描写的。杜丽娘去世这一出（第二十出）叫做《闹殇》。不应当的死亡，未得天年的死亡叫做"殇"，用来称杜丽娘的青春早夭是准确的，但不是痛殇、哭殇而是闹殇，就有点违背常理，只能理解为作者故意制造戏剧效果。这一场的时间设定为中秋日。这是有用意的。杜丽娘游园而病，是在"暮春三月"，到了端阳时节，陈最良被请来看病时说，熬得过秋天就能好起来，熬不过就没指望（第十八出《诊祟》），现在中秋没有过得去，正应此言，这是用意之一。中秋是团圆的日子，杜丽娘却在这一天与亲人永诀，这是用意之二。这两层用意都指向悲哀，所以这一出的前部，杜丽娘奄奄一息，老夫人和春香哭哭啼啼，气氛正是凄凄惨惨戚戚。但杜丽娘咽了气，气氛却开始变幻，因为春香刚哭得几句，石道姑就上场来："你哭得好，我来帮你。"她的哭却是打诨："小姐不在，春香姐也松泛多少。再不要你冷温存热絮叨，再不要你夜眠迟朝起得早，鸡眼睛不用你做嘴儿挑，马子儿不用你随鼻儿倒。"接下来是老夫人苦闷晕倒，杜宝上场既哭女儿又哭夫人，一片混乱。

　　中国戏曲中有插科打诨的传统，因此我们可以设想石道姑那种调侃性的帮着哭只是插科打诨，然后就还是回到悲哀的情调了。但实际情况不是这样，因为杜宝上场后的一片混乱不是向悲哀发展的，这种混乱只是作为过渡和铺垫，接上一个喜庆事件的降临：圣旨到来，杜宝升任淮扬镇守使。从全剧看，杜宝升官和必须立即赴任这一事件，具有造成后续情节（即丧事来不及办理，决定建立梅花庵观纪念小姐）的作用，但传奇写法的通例是一出一事，一情境一情调。杜丽娘去世已经足够写一出，杜宝升官与此并无有机联系，可以另设一出，插进此出不合常规，所以这一事件的安排，明显是搅局，故意造成举丧和升官并举、悲不像悲喜不像喜的局面。观作者的具体写法正是如此：杜宝刚把陈最良找来商议，陈最良就哭起自己来："苦伤小姐仙逝，陈最良四顾无门。所喜老公相乔迁，陈最良一发失所。"杜宝提出为女儿建座梅花庵观，并设田亩产业解决费用问题，石道姑和陈最良便争起守庵和收租的差事来。杜宝指定由陈收租，陈就拍马屁，提出要按旧规，为离任的官员建立生祠，石道姑便建议在杜宝的塑像旁边立小姐的塑像一起供奉……这些混闹，把小姐去世的凄凉气氛冲击殆尽，使这一出由悲剧转成了闹剧。由《闹殇》的写法，可见汤显祖不想让杜丽娘的亡故形成悲剧气氛。

再看《回生》。由于杜丽娘的复活是"至情"的胜利，这一出在现今的演出中都是按照庄严、神圣、华美的原则来处理的。如江苏省昆剧院的精华版，当杜丽娘缓缓坐起时，放出一阵烟雾，灯光大明，十六名美丽炫目的花神①鱼贯上场，欢欣舞蹈，最终把走到舞台中央的柳梦梅、杜丽娘环绕起来，形成一个绚烂光辉的造型。但原剧本这一出的写法并非如此。这一出有生（柳梦梅）、旦（杜丽娘）、净（石道姑）、丑（癞头鼋）四个角色。表面看来，杜、柳是"回生"的当事人，这一出是以这两个角色为主的生旦戏，但这一出的事件是掘坟，石道姑是行动的计划者和现场指挥者，癞头鼋是掘坟的实际操作者，所以他们同样重要，甚至更重要，《回生》实际上在更大程度上是一出净丑戏。先上场的是石道姑的侄儿癞头鼋，唱了一曲，说了一番，意为要掘坟让死人回生是一桩荒唐又犯法的事情。接着是石道姑陪柳梦梅上场。柳烧纸，向土地祝告，净、丑二人就掘起土来。掘到棺材时先是一惊，因为石道姑说"到棺了"，癞头鼋说"到官没活的了"，吓得把锹都扔了。这是插了一科。接着听见棺材中有声音，净、丑便又是一惊，柳梦梅赶紧叫他们"禁声。休惊了小姐"。待发现棺材钉子已断，盖缝开启过，便是一疑，石道姑打诨道，"小姐敢别处送云雨去了"。待开棺见人，柳梦梅欣喜其面色如生，便服侍她把入葬时口中含的水银吐出。癞头鼋便要讨来为赏，柳说另有赏钱，这个要留作纪念。杜丽娘出棺见风，石道姑立即吩咐服安魂药，柳梦梅马上拿出准备好的旧裤子来剪。为什么剪裤子呢？《回生》的前一出专写石道姑准备安魂药，到了陈最良处，得知男人用的安魂药是寡妇床头土，女人用的则是壮男裤裆灰。石道姑便不要陈的旧裤子，因为陈"敢也不十分壮"，"则种药俺那里自有"，意思是有柳梦梅是壮年男子。这写法像是开玩笑，什么男用、女用的安魂药，纯是为表达男女相济之理进行的杜撰。但在《回生》这里却认真地执行起来。柳梦梅剪下裤裆烧成灰化入热酒，癞头鼋还来打诨，说"待俺凑些加味还魂散"，意思是要撒点尿在里面，被柳梦梅拒绝了。这碗安魂药当场给杜丽娘服下，杜就安了魂，但神志

---

① 在汤显祖的剧本里，《回生》一出并无花神出现。花神的形象，传统的理解是一个老年男子。汤显祖剧本中，《惊梦》、《冥判》皆有花神出场，都是一个老年男子的形象。在今人的演出中，花神变成了一群美女。

不清,还认不出人和环境,只发一语道:"只那个是柳郎?"柳梦梅应声,把杜丽娘扶下,全出结束。显然,这一出的写法不是浪漫的而是写实的,不是庄严的而是谐谑的。

汤显祖把杜丽娘的死亡和复活都用闹剧笔法来描写,这和杜丽娘受封建压迫而死,又经过悲壮的斗争复活的解读肯定是对不上的,绝对统一不起来。那么,是解读不对,还是汤显祖自己写得不对? 毫无疑问,只能是解读不对。于是,我们对流行的解读必须提出质疑了,不能不提出重新解读原剧本,以把握原意的任务来了,否则就无法解释汤显祖为什么把这两出写成闹剧。

如果说,上面两出闹剧可以把流行的解读撬开一道裂缝的话,那么,要彻底推翻流行的解读还是不容易的。因为它影响的时间太久,它是这样符合我们的反封建的习惯思维,所以,我们还得费点力气。我们先不说《牡丹亭》,先来说一说如果是一个现实的反封建的爱情故事,它应该是什么样子的。这方面,《西厢记》可谓一个范本。

(三) 从《西厢记》看一个现实化的爱情故事需要哪些构成元素

《西厢记》,顾名思义就是西厢的故事。西厢在那里? 从剧本可知,在河东蒲关普救寺。进京赶考的书生张珙路过此地,来寺游玩,遇见也在游寺的相国小姐崔莺莺,惊其美丽,一见钟情,一个爱情故事由此开始。崔相国家是该寺的大施主,在寺外西侧建有别院,与寺院仅一墙之隔。崔相国去世,老夫人携女儿崔莺莺送灵柩还乡,暂停在此。张生得知此情,便借寺院西厢房一间"温书"。所以西厢首先指这间西厢房。后来老夫人悔婚,心有愧疚,让张生搬入崔家别院,崔、张幽会就在此院中。所以西厢又指寺西的崔家别院。

一个爱情故事发生在禁欲的寺庙里,这本身就是喜剧性的讽刺。剧本第四折写在大殿上为崔相国做追荐法事,奏乐、念佛的众和尚看见美丽的莺莺进来,一时七颠八倒,乱成一片。剧中唱词曰:"太师年纪老,法座上也凝眺。举名的班首痴呆了,觑着法聪头做金磬敲。""老的少的,村的俏的,没颠没倒,胜似闹元宵。"[1]写出这样的场面,可见作者对这种喜剧性是自觉的。

---

[1] 本文对《西厢记》文字的引用,出自王季思主编《中国十大古典喜剧集》,上海文艺出版社 1982 年版。以下引用《西厢记》文字,不再一一注明。

张生住进西厢房后无所作为,因为莺莺平时不到寺中来,高墙阻隔,音信难通。但机会终于来了:强盗孙飞虎兵围普救寺,要抢莺莺做押寨夫人。老夫人无奈,命长老宣布:"两廊僧俗,但有退兵之策的,倒陪房奁,断送莺莺与他为妻。"张生正有一个朋友杜确,号白马将军,率十万大军驻在不远的蒲关,张生写了信去,杜将军发兵来解了围。但事过之后,老夫人只请张生吃饭,命他和莺莺兄妹相称。这就是著名的"白马解围"、"夫人悔婚"的情节。

戏写到此,也可趋于结束。因为老夫人已处于不义的地位,她又让张生搬进别院,崔张幽会有了客观条件。只要写莺莺、张生私下结合,然后或是得到承认,或是私奔出走就可结束全剧了。实际上,大量的作品就是这样处理的。它们和《西厢记》一样,核心的情节是才子佳人的"密约偷期",但一般都把男女主人公与社会障碍的斗争作为描写重点,专在"密"和"偷"字上下工夫,着意经营瞒过别人耳目的奇巧情节,写到男女瞒过别人见了面,或是用"成其好事"一语带过,失之空洞,或是来两句情欲描写而显得粗俗,然后就安排结局了,男女主人公之间的爱情反没什么描写。《西厢记》的不同凡响就在这里:张生与莺莺已经共住一院,戏却不是就要结束,而是精彩部分刚要开始。作者要写莺莺、张生、红娘三人的内部矛盾,细腻地描写男女主人公实现私下结合的曲折复杂的情感历程。

作者是用乐观、幽默、甚至有点戏谑的笔调来描写的。首先,张生就是被当做喜剧人物来描写的,他在爱情中大体是处在热烈、率真而颠三倒四的状态。在举行追荐法事的前一天,他在寺中碰见红娘,竟然情急地冲上前去自我介绍说:"小生姓张名珙,字君瑞,本贯西洛人也,年方二十三岁,正月十七日子时建生,并不曾娶妻。"结果是被红娘取笑抢白一顿。他在见不着莺莺时,是夜晚"一万声长吁短叹,五千遍捣枕捶床",在"白马解围"后,则洋洋得意准备成亲,把自己打扮得头发油光能"擦倒苍蝇"。老夫人悔婚后,他一筹莫展,寻死觅活,向红娘哭诉;后来得到幽会之约时,又快活到向红娘自我吹嘘,好像他是恋爱老手。莺莺身上也有强烈的喜剧性。如果说张生的表现是颠三倒四,莺莺的表现就是口是心非。她的心事其实早被红娘看破了,也早向红娘泄露了。在悔婚以后的听琴一场,张生在书房内弹奏,莺莺、红娘在窗外花园里聆听。莺莺听得十分感动,叫红娘去给她传话,央求红娘:"好姐姐,你见他呵,是必再着他住一程儿。""你去呵,则说道夫人时下有人唧哝,好共歹不着你落空。"由此可知，莺莺往下的那些口是心非，并不是顾忌红娘向老夫人告发，而是少女初恋的羞涩和相国小姐的假正经。在人物具有喜剧性的基础上，剧中又把人物关系设置为：莺莺的心思张生不知道；红娘豪爽，有心帮助他们，但红娘却是老夫人委派监视莺莺的，张生不知道这一点，莺莺却知道。正是这种复杂的关系使崔张的爱情沟通富有戏剧性。

西厢别院中的爱情过程经过了三步。第一步是试探：张生深夜弹琴传情，莺莺则派红娘去问病。第二步是传书递简：张生写信去，莺莺回信来。第三步是幽会。这期间富于戏剧性的是"闹简"和"赖简"两场。红娘奉莺莺之命去探望张生，带回张生的情书，她不敢当面交给小姐，便放在她的妆台上。莺莺"拆开封皮孜孜看，颠来倒去，不害心烦"。然而看了情书后又要撇清。她突然发怒，急唤红娘，宣称这书简是对她的侮辱。但红娘早有思想准备，答道："小姐使我去，他着我将来。我又不识字，知他写着什么。"说完就要拿情书去向老夫人出首。莺莺慌了，只得赶紧拉住她，说"我逗你耍来"。这就是妆台闹简。如果说"闹简"的喜剧性主要来自莺莺的装正经，那么"赖简"的喜剧性则主要起于瞒红娘。闹简后莺莺写了回信让红娘送去，并告诉她，回信内容是叫张生别再写信来了，张生读信后却手舞足蹈，告诉红娘这信是约他去幽会。红娘发现自己一片热心，却不受信任，于是采取了冷眼旁观的态度。这样，就酿成了最富戏剧性的赖简一场：当张生如约半夜跳入花园，走到莺莺面前时，莺莺由于未向红娘交底，出于恐惧和自保的心理，突然违反本意地叫道"红娘，有贼"。红娘甚感意外，但也马上心领神会，赶过来收拾这个尴尬局面。她叫张生跪下，把他训斥一顿，赶了回去。张生觉得受了愚弄，回去后"一气一个死"。到了这个再装正经就要出人命的时候，莺莺已不能再掩饰自己，赶紧再定幽会佳期，崔张终于私自结合。

在这场爱情幽默喜剧中，红娘不是喜剧人物，但却是莺莺、张生的爱情喜剧中不可缺少的关键人物。没有红娘沟通信息，崔、张的恋爱无法进行，他们的喜剧性也无从表现。豪爽、泼辣的红娘还随时对莺莺和张生的表现进行嘲讽，从而揭示出他们或神魂颠倒，或心口不一的喜剧性。由于这种喜剧性的描写，崔张爱情过程的艰难曲折给人的感觉是轻松的。就像儿童蹒跚学步，歪歪倒倒跌跌撞撞，让我们提心吊胆却领略着生命的欢悦一样，我们从一对小儿女恋爱的颠颠倒倒磕磕绊绊中体会着爱情的无限美好。《西厢记》的无穷魅力就在这里。

莺莺和张生的幽会终被发觉,老夫人遂拷问她派出的监视者红娘。这段戏就是著名的"拷红"。这出戏并不沉重压抑,而是畅人心脾的。被拷问者红娘毫不畏怯,以爱情斗争胜利者的姿态,痛快淋漓地抖出全部事实,并且发出一连串的反责。老夫人被打了个落花流水,只得将莺莺许给张生。

这场戏是红娘最有光彩之处。但必须看到,红娘之所以反为主动,并不全由于她的性格和斗争策略,还由于客观情势。这种客观情势体现了《西厢记》中除爱情发生在寺院、小儿女的爱情喜剧之外的第三种喜剧性。这就是老夫人看来是个庞然大物,其实是个总做蠢事的喜剧角色。她慌慌张张地宣布谁退得贼兵就将女儿许配,就是说莺莺连和尚也嫁得;事后又悔婚;悔婚又让张生搬进院来,使小儿女成就了好事,所以她才处在了被动地位。但老夫人的蠢事并不到此为止:她让莺莺、张生当夜成亲,又逼张生第二天就去赶考,不得官不准回来,使莺莺实际上面临守活寡的危险;后来她的侄儿郑恒来,造谣说张生在京另娶,她就不顾前因后果,把莺莺改配郑恒。这样,她就落入了更大的被动尴尬地位:张生考中探花回来,澄清谣言,并把寺中长老、蒲关白马将军都找来证婚,她只好让莺莺、张生团圆。打扮好了做新郎的郑恒无地自容,竟"触树而死"。老夫人从头到尾,没有一件事是做对了的。她作为一个喜剧性人物,在剧中一方面充当爱情的对立面,另一方面又不断地烘托着爱情的胜利,直到剧终高唱:"愿普天下有情的都成了眷属。"

《西厢记》是此后中国戏曲写爱情故事时被模仿的典范,《西厢记》提供了一个现实的爱情故事的模式,其中包含了下列要素:

1. 一见钟情。通常,这种戏都有"惊艳"这样一出。《西厢记》里,就是张生在普救寺看见莺莺,惊叹"呀,正撞见五百年前风流孽冤",决定"我便不去赶考也罢"。总之,男主人公与女主人公要偶遇, 见面就动了心,爱情故事于是开始。

2. 翻墙逾穴。墙是把青年男女隔开的具体障碍。在《西厢记》中,墙的形象和作用是非常显明突出的。张生在普救寺借得一间西厢房,但崔莺莺一家住在西厢别院,张生为墙所隔,无计可施。有一次隔墙作诗,高吟出来传过去,莺莺也有诗应答,却只能"恨不得隔墙儿酬和到天明"。老夫人赖婚以后过意不去,让张生搬进别院居住,但张生和莺莺还是为前院后院之间的墙所隔断。最后崔莺莺与他约会,写的是

"隔墙花影动，疑是玉人来"，张生赴约是翻墙进去的。所以翻墙逾穴通常是男女爱情故事的必备要件。

3. 密约偷期。这一点无需多说，《西厢记》就是一个在西厢偷期的故事，密约偷期几乎就是所有此类爱情故事的核心情节。

4. 中间人传书递简。这个中间人通常是小姐的贴身丫鬟。《西厢记》中红娘的作用可谓大矣。通常的爱情故事中都少不了这么一个人物。

5. 封建家长式的人物。在《西厢记》中就是老夫人。她早就把莺莺许给了自己的侄儿郑恒，在得到了张生的救助之后又赖婚，发现女儿与张生已经私通之后又逼着张生去赶考，"不得官不准回来"……这样的人物所起的压迫作用是非常重大、具体的。

6. 需要摆脱的不如意婚姻。在《西厢记》中就是郑恒。崔莺莺一出场就情绪压抑，"无语怨东风"，原因就在有了这个婚姻安排。直到最后，郑恒还来造谣说张生在京另娶，意图骗婚，要不是张生及时回来力争，他就成功了。

如果我们意识到具备以上要素才是一个现实的封建时代的爱情故事的话，事情就变得明朗多了。因为我们可以发现这些要素在《牡丹亭》中一个也不具备，把《牡丹亭》看成一个现实的男女青年争取自己爱情的故事是根本说不通的。

（四）《牡丹亭》作为爱情故事具备的是另外的特征

1. 无对象的恋爱。

汤显祖说得明白："情不知所起，一往而深。"（《牡丹亭题辞》）杜丽娘的情不是碰到某个男子才发生的，所以是"不知所起"。杜丽娘的情是人欲，是性本能的表现。《牡丹亭》的核心情节不是一对男女相爱、忠贞，而是一个少女做了一个性梦。搞不明白这一点，就是根本不懂《牡丹亭》了。所以《惊梦》这一出才是全剧的关键所在。把"惊梦"看做相当于通常的"惊艳"一出是不对的。从剧中的描写看，两个人根本没有见了面为对方所打动、所倾倒，更不相互通名道姓，柳梦梅一见杜丽娘就说："小生哪一处不寻访小姐来，却在这里！""小姐，咱爱杀你哩！"从实质上说，梦中的柳梦梅并不是杜丽娘认识而爱上的人，而只是潜意识中渴望的男子形象，性梦总要个男人。这一点是解读《牡丹亭》的根本。

2. 鱼水之欢发生在光天化日之下。

这一点通常是被研究者忽视的。杜丽娘的情既然出于本性，表现形态是做了一个性梦，那么她与男子的梦中幽会就不需要什么传书递简、翻墙逾穴之类的过程了。但杜丽娘在牡丹亭畔与男子的做爱也可能被理解为相当于一般爱情故事中的"偷期"情节。这种理解也是不对的。因为汤显祖决不是把它当做偷期那样描写的。一般的偷期，都在黑夜、屋内、床上、帐子里，而这里的男女鱼水之欢则是在大白天，在光天化日之下、鲜花草地之上。一般的偷期文字，都是既要刻露描写，又是羞羞答答，语带色情，一副偷尝禁果的意味，一概如此，全无例外，《西厢记》可谓典范。但《牡丹亭》描写鱼水之欢的文字，则是坦然、奔放、畅快，一派歌颂的景象，如"这一霎天留人便，草藉花眠……恨不得肉儿般团成片也……"（《惊梦·山桃红》），"敢席着地，怕天瞧见。好一会分明，美满幽香不可言"（《寻梦·品令》）。这完全是性爱之美的欢歌，描写态度与写偷期是根本不同的。

余秋雨说游园是"盛典"，说明他体会到这里是汤显祖郑重、隆重描写和推出的所在，体现了出色的审美感悟力。但余秋雨的意思仅仅是，又要事先打扫，临去又精心打扮，杜丽娘把这一次游园当做盛典，则不十分准确。因为杜丽娘"一生儿爱好是天然"，"爱好"，即追求美，这是她的本性，她是个对自己的美貌也会感动的人，所以"没揣菱花，偷人半面"，打扮漂亮了自己都不好意思往镜子里看。精心打扮固然是对游园的看重，但也是出于爱美的天性。而游园只一会儿就伤感起来，黯然返回了。真正的"盛典"是梦中的鱼水之欢。汤显祖在《惊梦》一出用了好几支曲子来描写，又在《寻梦》中更细细地作回想的描写。这场鱼水之欢是发生在阳光灿烂、百花盛开的大自然中，而且有花神护持。这是真正的盛典！这样的盛典，才有叫杜丽娘一梦而亡的力度！

3. 男女欢爱得到神鬼护持。

这一点在剧中十分明显，但没有得到看重和阐发。在笔者看来，鬼神的护持最直接地，甚至可以说最直露地表现了汤显祖站在哲学层面，要表达性是天地正理的思想。鬼神护持，首先是花神，柳梦梅抱杜丽娘下，花神就出现，道："咱花神专掌怜香惜玉，竟来保护她，要她云雨十分欢幸也。"等到后来，又是花神洒落花瓣，惊醒这一对男女。鬼神护持，后来是阴间的判官。他面对杜丽娘的鬼魂，先是不信有慕色而梦，一梦而亡的事情，但后来就放杜丽娘三年游荡，寻找梦中之人，并且吩咐保存好她的尸首不教损坏，以便日后还魂复生。神鬼的护持，表现出了自然、天地都认可杜丽娘的人欲具有无可置疑的正当性。

4. 所有现实人物都懂得性爱是人的本性，并且对柳杜之爱抱支持态度。

这一点在汤显祖的剧本里是明显的事实，而且是极力突出表现的东西。无奈流行的解读总是要把《牡丹亭》放到一个杜丽娘的周围充满了封建迫害的框子里去，于是各种现实人物对杜丽娘的理解和支持要么在阐释的时候不提，要么被歪曲了。现在要追寻汤显祖的原意，就不得不把明显是事实的东西罗列、叙述一遍。

分析人物必须联系剧情，因为人物的面貌就是在剧情中用他们的行动表现出来的。我们把《牡丹亭》的剧情分成四段：第一段，游园惊梦之前，这是杜丽娘的家常生活；第二段，惊梦到死亡，这是一梦而亡的过程；第三段，死后到回生；第四段，回生之后。我们要分析每个人物在每个阶段对于杜丽娘的态度。

第一段值得注意的是全剧第三出《训女》。这是杜宝夫妇和杜丽娘出场的一出。杜宝出场自报家门后就言道：

> 夫人单生小女，才貌端妍，唤名丽娘，未议婚配。看起自来淑女，无不
> 知书。今日政有余闲，不免请出夫人，商议此事。
> 〔夫人上场〕
> （外）女工一事，想女儿精巧过人。看来古今贤淑，多晓诗书，他日嫁一
> 书生，不枉了谈吐相称。你意下如何？
> （老旦）但凭尊意。

以下的情节，就是杜宝夫人训女：

> （外）适问春香，你白日眠睡，是何道理？假如刺绣余闲，有架上图书，
> 可以寓目。他日到人家，知书识礼，父母光辉。这都是你娘亲失教也。

接下来就是为杜丽娘请老师了。于是，我们可以知道杜丽娘的婚姻是杜宝的心

事，是一出场就提出来的，对全剧来说，是作为《牡丹亭》的正题提出来的。父母不关心，耽误杜丽娘的婚姻，并无此事。杜宝夫人被写成一个娇惯女儿的母亲，杜宝夫妇并不是封建压迫者的形象。

再看第二段。这里值得注意的是第十六出《诘病》。杜丽娘游园后病倒，总好不了。夫人向春香追问原因，春香说出小姐游园后做了一梦，梦中一个书生，拿着柳枝来叫小姐题咏，后来"那秀才就一拍手把小姐端端正正抱在牡丹亭上去了"。夫人大惊："这等着鬼了，快请老爷商议。"老爷来后，夫人却把梦的内容说得含蓄了一些，对话是：

> （老旦）原来女儿到后花园游了。梦见一人手执柳枝，闪了她去。
>
> （外）却还来。我请陈斋长教书，要她拘束身心。你为母亲的，倒纵她闲游。（笑介）则是些日炙风吹，伤寒流转。……则叫紫阳宫石道婆诵些经卷可矣。古语云："信巫不信医，一不治也。"我已请过陈斋长看她脉息去了。
>
> （老旦）看甚脉息，若早有了人家，敢没这病。
>
> （外）咳，古者男子三十而娶，女子二十而嫁。女儿点点年纪。知道个什么呢？

从这里我们知道春香是小姐的贴心人，否则小姐不会把梦的内容告诉她。杜宝夫妇对于女大思春的道理都是懂的，但夫人完全理解女儿，杜宝却掉以轻心了。

第三段，这一段是从死后到回生。主要情节是柳梦梅赶考途经南安，借住在梅花庵观中，拾得杜丽娘的写真，爱上了画中人，杜的鬼魂来与之幽媾，嘱咐柳梦梅挖坟开棺。这段情节中，柳杜是爱情主角不用说了。值得注意的是石道姑。这个出家人是为杜丽娘而建的梅花庵观的主持，就是她安排了掘坟事宜。这是一个坚定的支持者。

第四段，从回生到柳杜结婚，有二十出戏。应该指出，这一段是汤显祖独特的创造。话本《杜丽娘慕色还魂》在回生之后，写柳杜两家皆为太守职，因而门当户对，立即成婚，安排了一个美满结局。汤显祖没有采用这个情节，而是安排柳、杜去受点磨难。这不能说是故意拉长情节。在现实中，柳梦梅掘墓是不法的，杜丽娘还魂是令人难以置信的。死人还魂，这事情人们能相信和认可吗？所以受点磨难是有道理的。汤显祖的写法是，只有杜宝不相信，其他所有的人都对还魂无条件地认可，对柳杜的婚姻热烈支持。

首先是石道姑。杜丽娘回生后，杜、柳不知往下怎么办，是石道姑出了立即成婚、远走临安的主意，并且她主动充任主婚人，更陪杜、柳同赴杭州。

接着是癞头鼋，他是石道姑的侄儿，被姑姑叫来充任了掘坟的主要劳力，掘坟后他留在南安，拍胸脯承担决不泄密的责任。他被官府捉去，上了脑箍逼问，他一问三不知，事先买通一个衙役，替他行方便，说他头上的脓是脑浆夹出来了，南安府只得作罢，严肃的追查由是化为一场闹剧。这个下层的劳动者如此坚决地把责任承担下来，表现了男女之情是天地正理，所以应该支持的观念，癞头鼋简直到了见义勇为的程度。

再一个是陈最良。他到淮安报信，后来随杜宝还朝，做了黄门官。他见了还魂的杜丽娘时，对鬼魅的疑惑全不存在，对柳梦梅掘坟更不提起，只是满心的喜不自胜，更加当过状元夫人教师的得意，并且自觉地充当杜宝与柳梦梅、杜丽娘之间的说合之人。

老夫人也是站在柳、杜一边的。淮安战事吃紧，她偕春香逃到杭州，与杜丽娘巧遇，听说了难以置信的还魂经过，立即采取了"不管是人是鬼，也是我的女儿"的态度。

主考官苗大人也是柳梦梅的支持者。考场前的风波，不是他要留难柳梦梅，只因柳氏误考。汤显祖随处调侃，讥讽现实，写苗大人阅得主战、主守、主和的三篇策论，欲取为一、二、三名，但三篇全是一派胡言。所以柳氏来时，苗正着急，又发现要求补考之人就是他以前在广州见过，并大加勉励的才子，自然准其补考，做了选贤的恩师。在"硬拷"一场，杜宝拷打柳梦梅，苗随着寻找状元的报子出场，以状元的恩师自居。杜宝得知柳梦梅中了状元，心有不甘，遂怀疑状元来历，苗便出示有关文件为柳作证。

最后是皇帝。他听了柳杜奇迹般的爱情经历，认为完全可信，立即赐婚。

十分明显，反对柳、杜的只有杜宝一人。而从最底层的癞头鼋直到最高层的皇帝,所有的人都是柳、杜的支持者。在这一格局中,一味固执的杜宝显得十分孤立,成了唯一不通人情的怪物。我们该怎样理解杜宝这个对立面呢?

(五) 从杜宝的写法看《牡丹亭》的哲学化含义

杜宝充当对立面,可以解释为从戏剧的角度,冲突总要有个对立面;而从社会内容的角度,既然作品是反封建的,总要有个封建势力的代表人物作对立面。杜宝就是这么一个封建势力的代表人物了。

上述解释看来非常合理,但只不过是从封建与反封建的概念出发的想象。只要对照剧本实际,马上就会发现不是这么回事。

在前面的叙述中,我们对于杜宝已经略有分析。只要我们不使用现代的观点,不是用五四以来的标准来看问题,不是要求杜宝应该让女儿人格独立、社交自由、婚姻自主的话,那么就应该承认杜宝是那个时代的正常的好父亲。女儿十六岁了,他公有余闲就来商议女儿的婚事,要她读点书,将来嫁一书生,并且专门为她请先生。他没有攀龙附凤,嫌贫爱富,为女儿选择不合适的婚姻。女儿死了,他建一个梅花庵观来守护女儿的坟墓,对女儿是爱的。

那么请一个老先生是不是一种封建压迫呢? 不能这样说。难道能够想象请一个青年书生来做先生吗? 家里有个花园也从不让女儿去玩,甚至杜丽娘以前都不知道有这个花园,这是不是一种封建压迫? 也不能这么说。因为这不是一个杜宝自己不时游赏、招待宾客的花园,而是一个废弃的花园,谁都不去玩的。这个花园也不是自家建造的,是四川南安官衙的后花园。杜宝出场说自己"廿岁登科,三年出守,清名惠政,播在人间"(《训女》),就是说到南安任太守只有三年,所以,说杜丽娘从小长到大还不知道家里有个花园是不对的。其实,对于花园无人游玩这件事是什么性质,剧本中已经有定性了,这就是"锦屏人忒看的这韶光贱"(《惊梦》),就是富贵的人安富尊荣,对于大自然的美景却不懂得欣赏。杜丽娘游了花园,杜宝也没有生气,说了一句"闲游"也就算了。花园一事,难以定性为封建迫害,不过说明杜宝不是个性情中人而已。

杜宝不但是个正常的父亲,还是个好官。他没有花公家的钱修过花园,可见"清明惠政"之说不是瞎吹。《劝农》一出写杜宝下乡,是一幅山明水秀、农家安乐、官民融洽的图景。有人认为这里是按照汤显祖做县官时候的理想写的，很有道理。杜宝做淮扬镇守使的时候，尽管作为文官带兵御敌的能力不足，但表现也是可圈可点。他让夫人和春香提前逃走，意味着他要死战，与城共存亡。能看得透敌军是一支伪军，处境尴尬，想得出通过走后门说动伪军主将李全的老婆，让敌军退去，也算得有见地有本事了。《冥判》一出中花神对判官说"她父亲为官清正"，这其实是剧中对杜宝的定评，这个定评也就是汤显祖的观点。

　　就是这样一个人物，汤显祖把他写成了杜丽娘回生之后柳梦梅、杜丽娘婚姻的唯一反对者。其实，从常理来看，杜宝是一点也没有错的。既然唯一一个女儿已经死了，冒出一个女婿来，不是"冒认官亲"是什么呢？所以把柳梦梅抓起来是对的。人死了，怎么还能复活呢？所以看见杜丽娘，以为她是鬼也是对的。但汤显祖要写的是能够生死死生的至情，所以他把所有相信死后还魂的人都写得通情达理，把相信常理的杜宝写成了不通人情、被众人嘲笑的人物。实际上，汤显祖在下半部中就是用讽刺的喜剧笔调来写他的。他原来坐镇扬州，兵救淮安而被困，是中了李全之计。后来贿通李全老婆，才得解围，却因此升官，便摆出一副唯我功高位尊的架子来。他认为女儿还生是妖魅现形，进一步怀疑活着的夫人和春香，认为她们既然传说已经死了，现在又和鬼（即杜丽娘）在一起，所以也是鬼。柳梦梅中了状元，他还在嘟囔说女儿嫁他是门不当户不对。直到皇帝都降了旨，他还觉得无法下台，提出女儿要和柳梦梅离异了他才相认的要求。汤显祖这是故意把杜宝往可笑里写，置于不通情理的境地。这实际上是为了写出情是天地人间正理的哲学化的主题的需要。

　　《牡丹亭》写情，其实是一种哲理性的表达，这一点汤显祖早就说清楚了。汤显祖在《牡丹亭题辞》中说得很明白：

　　　　天下女子有情，宁有如杜丽娘者乎！梦其人即病，病即弥连，至手画形容，传于世而后死。死三年矣，复能溟莫中求得其所梦者而生。如丽娘者，乃可谓之有情人耳。情不知所起，一往而深。生者可以死，死可以生。生而不可与死，死而不可复生者，皆非情之至也。梦中之情，何必非真？天下岂少梦中之人耶！必因荐枕而成亲，待挂冠而为密者，皆形骸之论也。……嗟夫！人世之事，非人世所可尽。自非通人，恒以理相格耳！第云理之所必无，安知情之所必有耶！

　　这里的最后一句，就是对杜宝这样的人说的。杜宝就是一个"恒以理相格"的人，但汤显祖要说的是人欲是天地的正理这样一个哲学的命题，岂能用人世间的一般道理来理解。所以汤显祖要说"人世之事，非人世所可尽。……第云理之所必无，安知情之所必有耶"。杜宝不懂这个道理，就被写成嘲笑的对象。

　　但是我们今天的大部分的演出者和文学阐释者仍然是像杜宝那样思考问题的，他们非要把《牡丹亭》理解为一个现实的爱情故事不可，非把杜丽娘和柳梦梅纳入到一个现实的反封建的故事框架中不可。于是，他们就对《牡丹亭》的情节做出种种修改。一是循着余秋雨说的思路去拔高柳梦梅的形象，这里最使他们苦恼的是《幽媾》一出。按汤显祖的写法，一个从没见过的女子贪夜来访，自荐枕席，柳梦梅就欣然接纳了，这难道不是太轻薄，太违背爱情的忠贞吗？于是，让柳梦梅经过仔细辨认，觉得面前的小娘子面熟，发现她好像就是拾得的画像上面的人，又仔细回忆，认为画像上的人就是以前做梦梦见的人。梦中人、画中人、眼前人三者是一个人，于是，欣喜接纳，这样就不违背爱情的忠贞和专一了。江苏省昆剧院的精华版《牡丹亭》、上海昆剧团的典藏版《牡丹亭》就都是这样改写的。有的地方剧种改编的《牡丹亭》甚至写成柳梦梅到四川就不是出门赶考的，是专为寻找梦中人而来的。

　　另外一种改动，是加强杜丽娘受到的压迫和她的反抗。例如，有的演出版本把《冥判》一出发展为判官带杜丽娘走遍十个地狱，让她受尽折磨，而杜丽娘意志不改，终于感动了判官。还有的《牡丹亭》演出，写柳梦梅挖坟，杜宝赶来阻拦，柳梦梅急得要一头撞死在坟上，没想到感动了花神，坟墓自开。总而言之，以往的演出版本几乎都受到把《牡丹亭》看成一个反封建的故事的文学阐释的支配，非要把《牡丹亭》纳入反封建的现实冲突的框子里去不可。这是一种荒唐的现象：一方面，把《牡丹亭》当做反封建的极致的作品奉为经典；另一方面却认定《牡丹亭》写反封建还很不到位，漏洞太多，需要自己来加工提高。其实，如果理解了《牡丹亭》的意味和意旨是哲学性的，这些修改不过是思想混乱的表现，不过是一种自虐行为。

　　说到这里，我们可以看到，把《牡丹亭》的以情反理做哲学化的理解还是做现实反封建的理解，是泾渭分明的。我认为，《牡丹亭》的意味是哲学的，现实爱情故事式的解读是对名著的贬低和歪曲。是否如此，同学们可以思考。

四、《牡丹亭》除了传统的演法就没有更好的演法了吗？

如果说，前面一个问题，即《牡丹亭》的思想内容的解读问题是个严重问题的话，那么，本节提出的演法问题就更要严重得多。因为从人们在思考《牡丹亭》是悲剧还是喜剧来看，尽管现实的反封建故事的解读非常流行，人们还是在思考《牡丹亭》的解读问题的，但《牡丹亭》的演法问题却是一个根本不被思考的问题。如果说《牡丹亭》的内容解读，无论怎么提出个人见解，都可以被看做一个正常的学术问题的话，《牡丹亭》的演法问题却不是这样。大家都认为昆曲就应该是传统的演法，《牡丹亭》当然也是如此，而且正要通过这个戏展示和光大地道的传统演法呢，提出有没有更好的演法，这根本是不沾边的外行想法。如果你是圈内人，就是离经叛道；如果你是圈外人，那就是异想天开。所以本节的内容，主要是讲为什么要提出这个问题，或者说怎样才会提出这个问题来的。

（一）什么是昆剧的传统演法？

"传统演法"，这个词人们一般不说，因为根本就不存在什么"现代演法"。所以一般说演法，或者说表演传统就可以了。但这里为了醒目称之为"传统演法"，也没什么错。对于老戏迷，这个东西是什么根本不用解释，但对不了解戏曲的同学们说明这个问题却并不容易，因为牵涉的学问很多。我希望能够说得又简单又清楚。

让我们从感性知识说起。我们课上观摩的《牡丹亭》演出的影碟有三种。第一种是江苏省昆剧院演出、张继青主演（杜丽娘）的《牡丹亭》的戏曲电影（这是胡忌整理本，全剧共五出：《游园》、《惊梦》、《寻梦》、《写真》、《离魂》。1982 年演出，1985 年拍成电影）。第二种是上海昆剧团的舞台演出，由梁谷音饰杜丽娘，蔡正仁饰柳梦梅（1994 年演出。全剧共六场：《花神巡游》、《游园惊梦》、《写真寻梦》、《魂游冥判》、《叫画幽媾》、《掘坟回生》）。之所以选这两种，是因为江苏省昆剧院和上海昆剧团是最有实力的两个昆剧团体,张继青、梁谷音、蔡正仁这一批演员也是继"传字辈"演员①之后最能代表昆剧演出水准的演员。第三种是美籍华人陈士争导演的全本五十五出《牡丹亭》(1999年纽约首演),这是能够代表国外演出的一种版本。比起最传统的空舞台来说,这三种演出都加上了布景,但都是简略的、写意的,不至于破坏戏曲的假定性的表演美学。第三种看起来热闹一些,丰富一些,按我的理解,这是因为在国外演出,可以自由一些,所以多一点群众场面,多展示一点中国元素。例如《劝农》一场,就上场了许多农民,把扬谷机之类农具也搬上了台,还有一帮人踩起了高跷,展现出一个民俗的场面。但看主要演员、表演方法和前两种并无不同。这里我们看到的三种演出的相同的演员表演,就是传统演法。

这种表演的特点可以描述如下:

1. 歌舞化,或者说以歌舞为基础的表演。用齐如山②总结的话说,就是"无语不歌,无动不舞",即哪怕说一句台词,也有歌唱性的音乐感,一举手一投足,都在舞蹈之中。

2. 行当化。凡演人物,皆归于行当(生旦净末丑),或者说用特定行当来应工。每一种行当都有一定的规范(首先是"态",就是每一种行当有一定的身段造型和美学风度;其次是技,每一种行当都有怎么唱、怎么念的发声方法,以至于怎么哭、怎么笑都有一定规范)。

3. 技艺化。演员讲究"四功"、"五法","四功"指"唱念做打","五法"指"手眼身法步",一切表演形态都是平时练就的技艺运用到台上,而不是像话剧一样,排每个戏的时候根据剧情和人物的需要来另行创造的。总的原则是这样,每个行当的技艺又有自己的特点,这一点在"行当化"中已经说到了。

4. 演员化。"演员化"是我杜撰的一个说法。因为没有一个简单的词来表示这里要说的意思。这个意思就是戏曲界说的"一切都在演员身上"。这句话说的是演

① 1921年,在昆曲衰落堪忧的形势下,昆曲界和实业界的有识之士在苏州创办了昆剧传习所。该机构只培养了一届演员,正式取得艺名者有四十四人。他们行当齐全,功底扎实,学会的戏很多,在把昆剧表演艺术传承下来中具有重要意义。由于他们的艺名中间一个字为"传"字,这一批人被称作"传字辈"演员。

② 齐如山(1875—1962),京昆理论批评专家。是一个留过洋、通晓中外戏剧的文人。自1912年到1932年,他用了二十年的时间为梅兰芳编写新戏,并为梅兰芳出国演出做策划筹备,因此在戏曲界非常有名。戏曲研究论著很多,有《齐如山全集》行世。

员和演出整体的关系。话剧演出当然也是靠演员,但话剧演出的概念是把一个事件呈现在舞台上,演员的表演不管分量多重,总是这个事件的组成部分。但在戏曲中,演出的概念是演员"唱戏",就是演员在把一件事情叙述、表演给你看,所以演员表演就等于演出的整体。戏曲演剧的美学根本是在空舞台上演出,一切都是假定的,一切都是演员演出来的。所以说"一切都在演员身上"。这就是"演员化"的意思。

需要说明的是,上述这四点不仅是昆剧的演法,也是整个中国戏曲的演法。因为中国戏曲的表演是在明代成熟的,具体说就是在昆剧演出中成熟的。在昆剧中,无论是行当、技艺还是美学原则都已经齐备和成熟了。后起的剧种,如京剧和其他诸多剧种的演法都是从这里学习、搬用的,再没有什么重要的发展和超越。所以这一套演法也就成了戏曲的共同演法。从这里我们可以知道昆剧是中国戏曲的真正代表。昆剧的这一套演法是整个中国戏曲的宝贵遗产。

但除了以上的已经成为共同性的东西以外,昆剧演出还有着独有的特点。这种特点不容易说清,但大体上就是细腻和优雅。这种特点的产生与文辞和唱腔有关。传奇时代,剧本都是文人写的,所以文辞优雅,讲究文采。明嘉隆年间,魏良辅改良了昆山腔,剧本就风行用昆山腔来唱了。昆山腔被人们叫做"水磨腔"。这是一个比喻的说法。南方人磨米粉,有干磨和把米先用水浸泡后连水一起磨两种方法,干磨的米粉粗,水磨的米粉细。所以"水磨腔"的意思是细腻。用昆山腔演唱,汉字的字头、字腹、字尾,汉字的四声起伏能够表现得非常充分、细腻、淋漓尽致。所以昆唱是中国文字音韵美的最高表现。这是昆山腔流行的原因,而它反过来也促进了更多文辞优美的剧本的产生。这种最讲究的文乐结合使得昆剧的表演具有最大的演绎文辞的特点,甚至到了总是要用体态和手势去表现文辞的程度,所以昆曲的身段就特别的繁重。这也使得昆剧的演出尚静不尚闹,最好是月朗风清,园林水边,摆上酒,看着剧本,细细品味着美妙的文辞怎样从演员口中唱出来。这是欣赏昆剧的境界。所以昆剧演出讲究有"书卷气"。细腻、优雅的风格和风度就是由此而来。人们把昆剧比做"兰花"也就是这个缘故。

说清了这些道理,昆剧为什么珍贵,人们为什么珍爱、痴迷就非常清楚了。对同学们来说,不管你喜不喜欢昆剧,它作为珍贵的文化遗产,你应该懂得和会领略;这份遗产一定要保存的道理一定要明白。

（二）要求一个具有整体性的全本演出

既然传统演法那么宝贵，我们为什么要提出除了传统演法还有没有更好的演法的问题呢？

因为现在我们面对的课题并不是保存和继承传统演法的问题，而是在当今的时代如何演出一个全本《牡丹亭》的问题。于是，我们要求一个体现《牡丹亭》思想内容和美学风貌的完整性的演出本，而且它是适合当代观众观赏的。

那么这种理想具体说是什么呢？是情节的整一感和美学风貌、戏剧情调的统一感。

那么《牡丹亭》的情节整一性是什么呢？是表现出故事发展的内在逻辑。这个逻辑是具有至情的杜丽娘的命运发展线索，其中是有一系列悬念的。

杜丽娘一梦而病之后，悬念就是病能不能好起来。到了她死亡之后，悬念就是她死了以后的命运如何。所以《冥判》一出中，判官能不能相信一梦而亡，相信之后又如何发落，悬念是很强的。

这一出之后，悬念就是杜丽娘能找到那个男人吗？找到了之后能还魂吗？在《冥誓》一出，我们看到杜丽娘是在幽媾一段时间，把感情培养深了，柳梦梅要求结婚，两个人拜了天地之后，才敢慢慢地说出自己是鬼的，说出来之后，又怕吓到了柳梦梅，在柳表示不怕之后，才说出可以挖坟还魂。柳梦梅答应挖坟，杜丽娘下场，柳梦梅对刚才杜说的事情还是不大相信。这时候杜丽娘又返回来说："你既以俺为妻，可急视之，不宜自误。如或不然，妾事已露，不敢再来相陪。愿郎留心，勿使可惜。妾若不得复生，必痛恨君于九泉之下矣。"后来柳梦梅找了石道姑，石道姑对于还魂的事情是"宁可信其有，不可信其无"的态度，掘坟之时，还是将信将疑。杜丽娘回生之后，说的话是："柳郎哪里？""柳郎真信人也！"这就是说，能否回生，始终是有悬念的。

在《回生》以后，《牡丹亭》的悬念就是杜丽娘、柳梦梅的现实命运问题。这个问题，总的说就是奇迹般地还魂的杜丽娘以及柳杜的婚姻能不能被现实社会承认和接纳的问题。具体地说就是三个问题。第一个，掘坟以后，柳梦梅、杜丽娘怎么办的问题。他们的选择是一走了之，到杭州去赶考。幸好柳梦梅得以补考，而且考中了状元，否则后来面对古执而强势的杜宝，他们根本就不具备与之抗衡的力量了。从经济上说，他们也大有问题，他们的生活费依赖的是掘坟得到的财物，而柳梦梅到淮安的时候，已经是一身破衣烂衫，连买一壶酒吃一顿饭的钱都没有了。第二个问题是掘坟是死罪，被发现了怎么办。果然官府追究下来，幸好被癞头鼋硬扛和蒙混过去了。陈最良赶到淮安报告了坟被盗的消息，杜宝极为愤怒和悲伤。第三个问题是杜宝不能相信还魂的事。我们看到，从《闹宴》一场到《硬拷》一场，这三个问题汇集到了一起，其表现形式就是杜宝和柳梦梅的冲突。在《闹宴》一场，杜宝不过把褴褛不堪的柳梦梅当做以女婿之名冒认官亲的搅扰分子扣押起来，到了《硬拷》一场，柳梦梅说出还魂的事情，杜宝不仅不相信，而且发现他就是自己要找的"盗坟贼"，遂把他吊起来打，这时候报子和众人却寻到这里，确认了柳梦梅的状元身份。这场斗争是在《圆驾》一场以杜宝和柳梦梅打御前官司的形式解决的。杜宝要求把所谓还魂的"妖魅"杜丽娘当场打死，所以斗争是十分激烈的。在皇帝用古镜照形、日下观影的方法判定杜丽娘是人不是鬼，并且赐婚之后，杜宝和柳梦梅还有斗气的戏。到了最后，杜丽娘唱出了一句总结性的歌词："则普天下做鬼的有情谁似咱！"

这就是我们说的情节的整一性。可以设想，如果全本的演出把上述的斗争线索和节奏演出来，观众会看得兴味盎然。而现在的全本演出没有实现这一点。

我们提出的另一个要求是《牡丹亭》的全本演出要演出该剧贯穿的喜剧的感觉。

《牡丹亭》是喜剧吗？我认为是的。让我们来说理由。

过去对于《牡丹亭》是喜剧这一点没有清晰概念，很大的一个原因是不演"回生"后面的二十出戏。只要读一读全剧后二十出，我们可以发现这二十出戏是彻底的喜剧面貌。

前面说到，后面二十出戏是写柳杜在杜丽娘还魂后的现实命运。这个现实命运分为三个问题，对此分别观察，就可以看出三个问题的写法全是喜剧笔法。

第一个问题（柳杜在掘坟后怎么办）的代表人物是柳梦梅。他到达杭州时，考期并没有过，但他一不温书，二不打听消息，只顾和爱妻卿卿我我，玩味和分说两人幸福结合的神奇经历。及至闻讯赶到考场，见已经关门阅卷，便哭天喊地，声称要一头撞死在阶前。他到了淮安，先是看见了杜宝张贴的"不教子侄到官衙，更无女婿亲闲杂，若有假充行骗，地方禀拿"的告示，到了衙门口又遭挡驾，他却不以为意，更忘了掘坟事为世人难解，蹲在门口，一心准备见丈人的贺宴诗。诗成仍不得入，他便一路打了进去，结果是被抓了起来。在杭被吊打时，他仍是从容自若，一派做了状元和娶了杜丽娘的自得，不断对杜宝出言挖苦和讥讽。这样，"硬拷"这一最吃紧的斗争，就完全是喜剧性的场面了。

第二个问题（掘坟是死罪）的体现人物是癞头鼋和陈最良。癞头鼋被南安府抓去如何混过了这场官司是喜剧。陈最良到淮安报信也是喜剧。这个杜丽娘的塾师，他是发现坟被掘开后报官的人，怀着一片痛惜女学生之情，千里迢迢去向杜宝报告的就是个错误的消息，而路过李全军营时，李全又用两个人头骗他，他便更向杜宝报告说夫人和春香已经被杀，弄得杜宝痛心欲绝，七颠八倒，让观众大为开心。所以这个腐儒完全是个造成误会、错讹的喜剧角色。

杜宝在下半部也是个喜剧角色。这点前面已经说过了。

由此看来，汤显祖在《牡丹亭》的下半部，正是要以喜剧的情调、好事多磨的形式，写杜、柳爱情在现实中的胜利。这已经十分明白。

从后二十出是喜剧反观前三十五出，可以帮助我们判断前三十五出的格调、笔法是悲剧还是喜剧。因为后二十出是纯粹的喜剧，前面三十五出却是完全的悲剧，这是不大可能的。

前三十五出可以以杜丽娘的死亡为分界，分成前后两段（前一段由生到死，后一段由死到生）。先看后一段，这一段的重点场次是《冥判》《拾画》《玩真》《幽媾》《欢挠》《冥誓》《回生》。"冥判"现在的演法是不明确当做喜剧还是悲剧，其实阴司的胡判官表面上是个维护现存秩序的执法者，但最终放杜丽娘之魂自在游荡，去寻找美满婚姻，还吩咐保存好杜丽娘的肉身以备还魂，所以胡判官其实是"至情"的维护者。他判犯有风流罪过的四个鬼投生做莺、燕、蜂、蝶"花间四友"，他一开始不相信有慕色而亡之事，就怀疑花神勾引坏了好人家女儿，都充满了调侃的意味。因此《冥判》是一场喜剧。《拾画》《玩真》，从来的折子戏已经是当喜剧演的。《幽媾》一场是喜悦的。《欢挠》又是调侃的。石道姑发现柳梦梅房中传出女子声音时，她撞进门去，柳梦梅以为是捉奸，不想她却开口道喜，最终扑了个空，弄得自己很尴尬。《冥誓》主要是信誓旦旦，不能说是喜剧，但柳梦梅听得杜丽娘说自己不是人，那到底是仙还是鬼？一惊一乍的也有喜剧色彩。《回生》是一场富于闹剧色彩的戏，前面已经分析过了。所以杜丽娘从死到复生这一段完全是喜剧，是很明白的。

最后再看杜丽娘由生到死的一段。重点场子约为《闺塾》、《惊梦》、《寻梦》、《写真》、《诊祟》、《闹殇》。这一段最值得分析，因为这一段总的走向是一梦而病，由病而亡，所以从来多按照悲剧气氛处理，但其实汤显祖并不想让这一段变成悲剧情调。

首先是《闺塾》一场，折子戏称《学堂》，这一场是喜剧，折子戏不仅当做喜剧演，而且增加白话，于喜剧性上多有发挥。《惊梦》一场特别重要。从来的演出也特别重视这一场。它没有被处理成悲剧，这是非常正确的。《惊梦》中虽有伤春之情，但主调是幸福、惊喜，因为在这里是杜丽娘的青春之美和大自然的春光之美交相辉映，是"一生儿爱好是天然"的少女做了一个美好的梦，这是一个风光旖旎、壮丽神奇的故事，汤显祖在这里使用了最美的场景和最美的语言，这一场应该达到美不胜收的效果，而不是当做悲剧来写。从来的演出就是这样处理的。所以，悲剧气氛应该是从做梦以后开始，因美好的梦不得实现而悲伤起来。《寻梦》一出就表现这个情调。但《寻梦》的主调是从沉醉到怅惘再到哀伤，到了《写真》，才是完全的哀伤。《写真》中仍有对美的信念，仍预伏着未来，并非了无生机，但毕竟是完全的悲剧气氛了。再下去就是死亡了，气氛只能越来越悲哀凄凉了，所以折子戏中出现了《离魂》一出，这是把《闹殇》的后半，就是得知杜宝升官的后半场戏去掉，只演前半场，到杜丽娘咽气为止，这样就尽情渲染悲哀，尽情展现演员表演苦戏的技能了。于是，从生到死的这一段总体上就成了悲剧了。但这种处理恰恰是不符合汤显祖的意思的。

我认为汤显祖的意思是到了《写真》之后，就不能让悲哀的气氛再发展下去了。其证据就是在《写真》之后他就安排了两个喜剧角色来调侃和混闹，用以冲散悲剧气氛。这就是陈最良和石道姑。

石道姑作为喜剧角色，读者和演者都是自觉意识到的，因为从她一出场自述经历的《道觑》一场，她的喜剧面目就很清楚了。但陈最良作为喜剧角色，读者和演者却不很自觉。其例证就是在喜剧性的《学堂》一场，表演者只是在春香之"闹"上下功夫，而没有在陈最良身上做多少喜剧的夸张表现。但我们分析过了全剧的后二十出，发现了陈最良是个喜剧角色，就应该领悟到陈最良从头开始就是个喜剧角色。他的喜剧性处理其实应该从一出场的《腐叹》就开始了。《腐叹》和《道觑》是两个对应的场子，石道姑和陈最良是对应的两个人物。从身份上来说，一个是婚姻的失败者，一个是科举的失败者；从行当上来说，石道姑是净，陈最良是末。一个女人用净来演,是丑角,是热滑稽;一个腐儒用末来演,是冷滑稽,因为末不是生那样端庄严肃的行当,而是一种多功能的、滑稽笑谈无不能来的脚色。汤显祖就是用这一对喜剧人物来冲淡悲哀气氛,制造闹剧气氛的。

在《写真》的时候,杜丽娘只是瘦了一点,还没有病势沉重。所以此出之后才是请陈最良和石道姑看病和驱邪的《诊祟》一出。结果这一场成了两个喜剧角色的表演。陈最良在《闺塾》一出讲毛诗,说《关雎》篇是言后妃之德,不过因这是正统的说法罢了,他其实知道这是情诗,所以讲到"君子好逑",春香追问为什么求,他便大喝"多嘴"。现在来看病,春香告诉他杜丽娘的病"是'君子好逑'上来的"时,他就开言道:"《毛诗》病,用《毛诗》去医……《毛诗》:'既见君子,云胡不瘳。'这病有了君子抽一抽,就抽好了。"如果说《诊祟》是两个喜剧角色的第一闹,那么《闹殇》就是这两个喜剧角色的第二闹,闹到了不仅是各自调侃杜丽娘的死亡,而且两个人为谁来管准备建立的梅花庵观而发生冲突的地步。总之,汤显祖不想让杜丽娘之死流于惨伤的氛围,因为它只是"至情"之人走向复生、获得美好姻缘的路上必经的一站。杜丽娘的死亡要写成《闹殇》这样的一出闹剧,用意就在这里。

通过上述分析,我们意识到《牡丹亭》整体是喜剧。如果设想,从《惊梦》的神奇、美妙到凄凉和闹剧的第一段氛围,发展到《回生》一段令人惊喜和欢欣的喜剧,再到《回生》之后越来越热闹的畅人心脾的喜剧,这样一个情调和氛围能够演出来,观众一定会看得兴致勃勃。但这也是现在已有的全本演出没能做到的。

(三) 完整性的全本演出为何难以实现?

在讨论这个问题的时候,所有到《回生》(原剧本第三十五出)结束的演出都没有讨论的价值,因为它们显然都不是全本演出。能称全本的,只有到《圆驾》结束的演出,这就是 1999 年上海昆剧团的上、中、下三本三十五出的演出、白先勇的"青春版"《牡丹亭》(2004 年首演,上、中、下三本共二十七出)和纽约陈士争导演的五十五出《牡丹亭》这三种。我们以"青春版"《牡丹亭》为例子来讨论。

这个戏,首先是有白先勇的文学改编本(剧本载《姹紫嫣红〈牡丹亭〉:四百年青春之梦》,广西师范大学出版社 2004 年版)。这二十七出戏的演出怎样实现? 首先是采用了以往舞台上流行的全部折子戏①,然后再请著名演员张继青新"捏"了若干出戏,这样就构成了"全本"的演出。这种做法是为大家承认的,因为它最合理也最可行。它保留了以往《牡丹亭》的尚存的演出成果,又比1949年以来的大量四出、五出、六出、七出,最多十出以上的《牡丹亭》的篇幅大得多,直到《圆驾》结束,全剧的故事完整,的确是一个全本演出了。

看起来最合理的青春版《牡丹亭》有没有做到前面说的整体性的全本演出呢?没有。这只要从其观赏效果就可以明白。一开始观众会被这个因情而亡的奇异的故事所吸引,为昆曲优美的表演而倾倒,但继续看下去就会觉得头绪纷繁,搞不清线索所在,就会觉得一直的优美有点气氛单调,冗长的戏看到结束的话就会昏昏沉沉、倒了胃口。这其实也是所有的全本演出都存在的问题。其道理非常简单:这里有地道的昆曲表演,却没有清晰而扣人心弦的情节线索;有始终优美的唱腔和舞姿,却没有一贯而跌宕、不断累积、趋向热烈的戏剧气氛。

那么,这到底是为什么呢?难道一个全本的演出需要有清晰而扣人心弦的情节线索,还要有一贯而跌宕、不断累积、趋向热烈的戏剧气氛,这样的道理白先勇不懂吗?我想,作为大文学家、戏剧内行的白先勇先生是懂这个道理的。但是他做不到。原因也不复杂:因为种种历史的原因,他打造的全本《牡丹亭》演出只能是一个折子戏的串连。

这种种历史的原因是什么呢?

首先是汤显祖的原因。他的《牡丹亭》本就是节奏散缓、枝蔓丛生的。我们分析出来的,本可以清晰而扣人心弦的情节线索,就分散和埋藏在这样的描写里。你要让它清晰简洁、扣人心弦,非大作删减、归并、连接的功夫不可。但现在要尊重原著,不敢这样改,这一点就做不到了。连贯而不断加强的戏剧气氛出不来,道理也大约如此。

其次是折子戏的原因。折子戏本是全本的碎片。它虽然大多是全本中比较精华的部分,但毕竟是碎片。而且关键是,它并不是一个严整的有机整体的碎片,如果

① 根据各种折子戏的记载,以往在舞台上流行的《牡丹亭》折子戏有十五出以上:《学堂》、《劝农》、《肃苑》、《游园》、《惊梦》、《拾画》、《叫画》、《寻梦》、《离魂》、《冥判》、《问路》、《吊打》、《圆驾》、《堆花》、《咏花》。青春版有些没有采用,如《问路》,因为没有进入文学改编本。

是,那么重新拼起来就有可能恢复原来的有机整体了。这个碎片本是一个冗长、散缓的剧本的碎片,而重要的是,折子戏已经是一种独立的形式,它由碎片发展为具有自身的完整性,而这个完整性又着重在突出演员的表演,或是唱,或是做、打的绝活,成为一个可以独立欣赏的东西,并不是准备着为构成全本的线索和气氛服务的东西了。于是,现在打造一个全本演出,继承原有演出的折子戏是具有极大合理性的做法,但把折子戏串连起来却不大可能形成一个有机的整体。而要抛弃折子戏的串连的做法,又似乎离现实太远。

第三是戏曲界长期以来对折子戏的迷信。折子戏演出在明代后期已经广泛出现,在京剧发达的时代,演出的主要形式也是折子戏,戏曲表演艺术在折子戏中发展到精湛的地步,人们已经习惯把它视为戏曲艺术的代表。这种概念的累积形成了一种迷信,以至于已经忘记了它本是全部戏的碎片,更不想到艺人文化水平很低,一般都不能自己读剧本,学戏靠口传手教,你要问他某个动作为什么这么做,通常得到的回答就是"师傅这样教的",而不会说出道理来,于是他们捏成的折子戏虽然是代代相传,其实往往不见得正确表现作品的原意,更不一定是最好的表现形态。在这样的习惯思维之下,人们甚至不去想到折子戏和全本演出是两个概念,人们会满足于折子戏的串连,认为全本演出只能如此,不再去想真正具有完整性的演出应该是什么样子的问题了。

摆出了这些原因,我们发现白先勇先生已经是难能可贵,真不容易了!

说到这里,我们发现面貌是折子戏串连的全本演出就是历史和现实的产物。我们发现自己站在了这个现实和理想的全本演出之间。我们会合乎逻辑地提出这样的问题:理想虽好,但提出这种理想是不是有点超越现实呢?

回答是否定的。因为戏曲的发展已经前进到了应该实现我们说的整体性演出的阶段。

1949 年开始,中国戏曲界在政府主持下开展了"戏曲改革运动"。这个运动产生了不少的弊病,如思想极"左",使得可演的剧目大为减少,剧作思想变得狭隘单一,破坏了原有的戏曲生态等等,但这个运动对于戏曲艺术的推进是明显的。其表现就是走出重技艺的"看人不看戏"的折子戏时代,使戏曲趋向注重整体性的演出。

这种过程其实早就开始了。京剧演出虽然习惯以折子戏为主,但也编演了很多的全本戏。有水平的艺术家也总是在探索演出戏来，不满足于单纯表演技艺的境界。一个著名的例子是梅兰芳和俞振飞合作演出《白蛇传·断桥》，白娘子对许仙怎样由怨恨转到和好，这中间原来并无恰当的表现。但一次演出中，梅兰芳恨恨地用指头对"许仙"的额头一指，竟然碰到了俞振飞的额头，跪着的俞振飞身子不稳向后倒去，梅兰芳下意识地伸手一扶，就在这一扶间，爱意顿生，由恨转爱的过程就此表现了出来。梅兰芳和俞振飞都意识到了这一点，于是，以后《断桥》的这个演法就被确定了下来。这就是我所说的探索把戏演出来的境界。但这种发展过程，到了1949年之后，才达到了戏曲界整体的自觉。其完满实现的表现，就是到"文革"前夕形成的"样板戏"。

"文革"结束以后，形成了对样板戏批判的潮流，样板戏作为极"左"文化被否定了，样板戏的艺术成就还是有所肯定的，但被肯定的仅仅是音乐方面的成就。其实样板戏还有一个重要的成就，那就是它使戏曲完全超脱了仅仅展示技艺的境界，达到了总能演出戏来的境界。最先推出的一部样板戏《红灯记》之所以一推出来就令人震撼，被奉为典范，因为它的一切都是为演出戏来服务的。戏曲演出的技能是唱念做打，在《红灯记》里，何处该唱，何处该念，何处该做，何处该打，互相之间如何配合起来运用，从而把戏演出来，把节奏气氛演出来，全都是精心设计的。而每一段唱、念，每一招做、打应该是什么样子，也不是直接地沿用程式，而是专门设计创作的。这样戏就达到了一个全新的境界，剧场演出达到了征服观众的效果。相比之下，仅仅恪守传统的演法，凭着唱念做打的功底在台上表演，就显得只是在台上摆来摆去地展现技艺，是一个非常低的水准了。

于是，一个清晰的事实就是，中国戏曲已经前进到了能够讲究整体性，能够把戏演出来的阶段，所谓整体性的理想并不超前。

这样，问题转到了另一个方面：现在是演《牡丹亭》，这是经典，讲的是尊重原著，我们能为了整体性的理想对《牡丹亭》下手做很多改动吗？

我认为是可以的。因为名著的不断演出总是在不断修改的。古今中外莫不如此，这根本就是戏剧史的常识。拿《牡丹亭》来说，它什么时候停止过被修改？1949年之后不就出现过三十二个改本了吗？从四出到五十五出的都有，为什么不能再改出一个更简练和有完整性的本子来呢？从每出的变动来说，折子戏早就在改动了。

折子戏的《春香闹学》增加了春香和陈最良缠夹不清的台词，放开了这里的表演，使得这出戏人人都能感到喜剧的气氛。著名的《叫画》一折也是这样。柳梦梅大大增加了对于画像说话的台词，表现出了他的率真和痴情，这一折的剧场演出，观众总能发出笑声。这些改动不是被接受了且今人还奉作经典的演法吗？从原唱词的保存上来说，全剧四百三十五支曲子，多少年来有多少是传唱的呢？号称昆曲迷的人又会唱多少？再简练的本子也起码能保存五十支以上最好的曲子，何必去设想保存几百支曲子呢？

我们要求的更好的演法，并不是泛泛的空谈，也不是要求破坏或修改传统的表演法，而是希望消除现在的全本演出的问题。问题大约是三个：1. 演出时间太长；2. 是折子戏的串连而缺乏整体性；3. 表演重在"奏技"而不是重在"演戏"。我们要求全本《牡丹亭》的演出是真正有整体性的全本而不是折子戏的串联，是演戏而不是表演技艺，演出的时间也不能太长，例如不超过两个晚上，让一个生气盎然的、直接动人的全本《牡丹亭》出现于舞台。

但愿这样的理想的实现不是太遥远。